꿈꾸는 라이프플랜

꿈꾸는 고양이, 푸푸

이 동 파 지음

메가트렌드

푸푸와
함께한
시간들

나의 20대는 어떻게 살 것인가? 하는 삶에 대한 고민이 가득한 때였습니다. 에너지가 가장 충만한 시절, 누구든 같은 고민을 하고 살았을 것이며 또 고민을 하고 있을 겁니다.

그 시절 고민의 동행을 위해 고양이 푸푸가 태어났습니다. 그런데 놀랍게도 그 고양이가 2018년 올해 21살의 20대가 되었습니다. 긴 시간 낡은 노트북 메모리에 갇혀 살다가 이제 진짜 세상을 여행하게 되었습니다. 작가로서 너무 감사하고 축하할 일이니 이 행운을 독자분들에게 나눠드립니다.

세상은 늘 질문하는 사람에게 분명 그 답을 합니다. 하지만 잘 듣고 봐야 하지요. 휙 지나는 바람이 몰래 속삭이기도 하고, 무수히 떨어지는 낙엽 뒤에 벌레 먹은 작은 글씨로 써두기도 합니다. 또 어두운 밤하늘에 흔적 남지 않는 달펜으로 써두기도 하고, 한눈에 보이지도 않는 형형색색 계절의 변화로 그 답을 표현하기도 합니다.

삶에 대한 질문에 늘 관심을 가지고 본다면 어떤 어려운 질문에도 답을 찾기 마련입니다. 이 어두운 밤 창밖에도 나에겐 삶에 대한 답들이 보입니다.

어둠 속 그들의 존재만으로도 행복한 밤입니다.

2018년 새봄 이동파

꿈꾸는 고양이, 푸푸

차례

프롤로그
나무 위의
고양이,
푸푸를 만나다

내가 푸푸를 처음 본 건 느티나무 위에서였다.

바람도 시원하고 잠시 쉬어갈 생각으로 그 느티나무에 내렸다. 나무는 아주 시원했다. 언덕 중턱쯤에 자란 그 나무에선 멀리 수평선과 미끄러지듯 언덕 아래 내려 보이는 도시가 한눈에 보여 전망이 참 좋았다. 나뭇잎이 무성해 그 속은 아늑했고,

갈래로 뻗은 어느 가지든 걸터앉기에 알맞게 자라 있었다.

바다에서 바람이 불어올라치면 영락없이 큰 배 위에 앉아 있는 기분이었다. 가지들은 우수수 잎을 부비며 나를 한층 더 즐겁게 했다. 나는 한참이나 바다를 바라보다 부서지는 햇빛 때문에 잠깐 눈을 돌려 주위를 살폈다. 그런데 나무 맨 아래 가지 위에 고양이 한 마리가 죽은 채로 걸려 있지 않은가. 어떻게 이런 나무 위에 고양이가 죽어 있을까?

나는 조심스레 그 고양이에게로 다가갔다. 그러나 죽었다고 하기엔 좀 이상한 일이었다. 그 고양이 입가에 작은 미소가 지어져 있었는데, 무슨 꿈을 꾸고 있는 듯한 그런 미소였다.

그 고양이는 내 호기심을 끌기에 충분했기에 북극의 백곰을 떠나온 나에게 새로운 친구가 될 수 있겠다는 생각이 들었다. 후에, 나는 이 고양이 이름이 '푸푸'며 그의 못난 털과 지저분함 때문에 가끔 까마귀들이 잠자는 그를 쪼은 적이 있다는 것을 알았다(그러면 푸푸보다도 그 까마귀들이 더욱 놀라서 도망을 가지만).

푸푸의 털은 조금씩 뭉쳐져서 새로운 뭉치 털을 만들었고 그것은 다시 도깨비풀이나 꽃씨들로 엉겨서 털이라고 할 수 없는 털을 만들고 있었다. 그런 외모만큼이나 그는 심술궂고 아무도 못 말리는 그런 고양이였다.

"푸푸."

어디선가 푸푸를 부르는 목소리가 들린다.

"푸푸우! 이 못생긴 고양이 같으니. 이제는 집에도 들어오지 않는군."

할망은 먹다 남은 죽이 아까웠는지 푸푸를 부르다 말고 지쳐 집안으로 들어가버렸다.

"저 심술할망구, 내가 먹다 남은 죽이나 먹고 사는 고양인 줄 아나!"

"야! 푸푸."

멍하니 할망이 닫고 들어간 문을 바라보고 있을 때 나무 아래서 치푸가 푸푸를 불렀다.

"헤, 부잣집 고양이가 우리 집엔 웬일이지?"

"착각하지 말라고. 난 아롱이가 어디 갔는지 알고 싶어서 온 것뿐이야."

"헤, 내가 그걸 어떻게 알아. 딴 데 가서 알아봐."

"푸푸, 고집부리지 마."

"헤."

치푸는 이 마을에서 가장 많은 배를 가진 집의 고양이였고, 그 덕분에 치푸는 엄청난 물고기를 먹어치우는 아주 뚱뚱한 고양이였다. 꼭 돼지 모습을 한 그와는 반대로 푸푸는 가난한 심술할머니와 같이 사는 길바닥의 고양이나 마찬가지였다.

"좋아, 그러면 해가 지고 우리 집에 오면 싱싱한 놈으로 한 마리 주지. 오늘은 주인집 배가 들어오는 날이라고. 하지만 주인 몰래 와야 해. 우리 주인이 보면 넌 아마 살아남지 못할걸. 지저분한 도둑고양이라며, 히히."

푸푸는 게슴츠레한 눈을 하며 치푸를 보았다.

"헤, 어쨌든 좋아. 약속만 지켜준다면 내가 말해주지."

"물론."

"아롱이는 주인집 딸이 데리고 나갔어. 저 언덕에 코스모스를 보러 간다며 따라가더군. 그 못난 엉덩이를 살랑살랑 흔들면서 말이야. 헤, 오늘은 빨간 리본을 했던데?"

"그럼 오늘밤에 보자고."

치푸는 언덕길을 따라 느릿느릿 걸어갔다.

'저건 고양이가 아니라 돼지라고. 참 신기한 일이지. 돼지랑 이렇게 말이 잘 통하니. 하지만 오랜만에 생선을 먹게 생겼는데.'

푸푸는 즐거운 마음으로 다시 잠에 빠져들었다. 축 늘어진 푸푸의 꼬리가 바람에 덜렁덜렁 흔들거렸다.

푸른 바다 위로 은빛물고기 떼가 뛰어올랐다. 엄청난 양의 물고기들이었다.

'와우! 저 정도의 물고기라면 평생을 배불리 먹고도 남겠어.'

그러자 갑자기 물고기 떼가 푸푸를 향해 몰려오기 시작했다.

'와우, 이게 무슨 횡재람. 그래, 그래, 빨리 와.'

"푸푸."

그때 푸푸를 부르는 목소리가 들렸다.

"이 못된 고양이!"

심술할망의 시끄러운 목소리에 푸푸는 잠에서 깼다.

"쳇, 이게 꿈이라니."

푸푸는 입맛을 다시며 나무를 내려왔다. 그리곤 혹시나 하는 마음에 푸푸는 주방으로 뛰어갔다. 그러나 기다리고 있는 건 심술할망의 부라린 눈과 먹다 남은 죽뿐이었다.

"이 못된 고양이 어디 갔다 오는 거지? 도대체 돼먹지 못한 고양이 같으니."

'치, 돼먹지 못한 할망 같으니.'

푸푸는 다시 집을 나왔다. 더 이상 할망이 먹다 남긴 죽은 먹고 싶지 않았다.

"푸푸, 이 못된 고양이. 밥은 먹지 않고 또 어딜 간 거지?"

멀리 뒤에서 심술할망의 목소리가 들려왔다. 푸푸는 다시 느티나무 위로 돌아왔다. 그리고 저 멀리 바다 위를 오가는 배들에 한참 동안 눈을 두었다.

해가 기울고 서늘한 서풍이 불어오자 푸푸는 느티나무에서 내려와 항구를 향해 걸어갔다. 오늘은 치푸네 주인집 배가 들어온다고 했기 때문이다. 푸푸가 항구에 도착했을 때는 이미 많은 고깃배가 들어와 항구는 붐비는 사람들로 분주했다.

'잘못하다간 밟혀 죽겠는걸. 와우! 저것 보라고. 엄청난 물고기야. 정말 치푸 녀석은 좋겠는걸. 오늘 저 고기들을 실컷 먹겠군. 이건 정말 이해할 수 없는 일이라고. 정말 이건 너무해.'

푸푸는 혼잣말로 푸념을 늘어놓았다. 푸푸가 사람들을 헤집고 뒤로 돌아가자 언제 내려왔는지 치푸가 주인집 아들에 안겨 그 고기들에 침을 흘리고 있었다. 아롱이 역시 주인집 딸에 안겨 요상한 눈빛을 하고 있었다.

"치이, 치푸 녀석만 좋아한다지. 못된 고양이 같으니."

푸푸는 치푸의 주인집 아들 옆으로 다가갔다.

"야! 치푸."

"어, 집에서 몰래 만나기로 했는데 여기는 웬일이지?"

"아마 생선을 훔치러 왔던가, 썩어버린 생선이나 주우러 온 거겠지."

아롱이가 푸푸를 비꼬며 놀렸다.

'저 여우같은 고양이 정말 참지 못할 말만 하는군' 푸푸는 아롱이를 쏘아봤다.

"난 약속한 생선을 받으러 왔을 뿐이야."

그러나 푸푸는 이 말을 끝내기도 전에 항구에서 쫓겨나고 말았다. 치푸의 주인집 아들이 도둑고양이라며 발로 차려고 달려들었기 때문이다.

"이 도둑고양이야! 집에 가서 쥐나 잡아먹어!"

치푸의 주인집 아들은 달아나는 푸푸를 향해 소리를 질렀다.

"하하하!"

즐거워하는 그 웃음 속엔 치푸와 아롱이의 목소리가 섞여 있었다.

"저 돼지와 여우에게 꼭 복수하고 말 거야"

푸푸는 화가 머리끝까지 나고 말았다.

이제 갈 곳도 없었고 배가 고파서 걸을 힘도 나지 않았다. 터벅터벅 걸으며 푸푸는 차들이 다니는 시내로 들어갔다. 시내란 곳은 달리는 차들뿐만 아니라 수많은 사람들을 피해 다녀야 했기에 푸푸가 제일 싫어하는 곳이었다. 그러나 딱히 갈 곳도 없어 뭐든 먹을 만한 것을 찾아보기로 했다.

"부릉, 부부부릉."

차들은 고약한 냄새를 뿜어대며 사납게 굴었다. 푸푸는 조심스레 사람들을 피해 골목길로 들어갔다. 그러나 골목길에서 놀던 아이들이 갑자기 나타난 푸푸를 발견하고는 곧장 달려들었다. 그들은 우루루 달려와 푸푸를 덮칠 것만 같았다. 그 모양새에 놀란 푸푸는 얼른 수챗구멍 속으로 달아났다.

하지만 아이들은 포기하지 않고 긴 막대를 가져와 구멍 속을 찔러왔다. 갑작스런 그들의 공격에 푸푸는 등가죽이 찔리고 말았다. 놀란 푸푸는 막대기가 닿지 않는 곳으로 물러났다. 아이들은 한참 야단법석을 떨고는 물러갔다. 푸푸가 조심스레 밖으로 나왔을 땐 아이들은 보이지 않았다. 이미 다른 재밋거리를 찾아갔는가 보다.

"쳇! 시내란 정말 형편없는 곳이야."

날은 서서히 어두워지고 비가 내리기 시작했다. 집집마다 떠들썩하며 맛있는 냄새를 풍기고 있었는데, 특히 생선을 튀기거나 수프를 만드는 냄새는 푸푸를 더욱 고통스럽게 했다.

푸푸는 힘없이 여기저기 쓰레기통을 뒤졌지만 별 소득이 없었다. 여기서 버려진 음식을 찾기란 하늘에 별 따기만큼이나 어려웠다. 이미 여러 곳에 터를 잡고 있는 고양이들이 그걸 가만히 두지 않기 때문이었다. 그들은 언제 어디서 어떤 음식이 버려지는지 까지도 알고 있을 정도였다. 하지만 이렇게 텃새를 부리던 고양이들도 모두 비를 피해 보금자리로 들어갔는지 눈을 부라리고 돌아다니는 고양이는 보이지 않았다.

이런 면에서 비는 다행스러운 일이었지만 푸푸의 윤기 없는 털이 비에 흠뻑 젖어 몸무게를 더하는 것에 비하면 그리 반가운 건 아니었다. 푸푸는 추위에 떨며 주차된 차 밑으로 들어갔다. 온몸을 부르르 떨어보지만 그 못난 털은 좀체 푸푸를 도와주지 않았다.

"이건 내가 생각했던 저녁이랑 전혀 딴판이군. 지금쯤 그 못돼먹은 치푸 녀석의 물고기를 뜯고 있어야 하는데 말이야."

푸푸는 배가 고파서 힘없이 투덜거렸다. 그리곤 할망이 잠들었으리라 생각하고 집으로 달리기 시작했다. 푸푸의 몸이 더욱 더 젖어들었다. 몇 개의 가로등을 지나오는 동안 푸푸를 보고 놀란 사람들이 소리를 질러댔다.

푸푸가 집에 도착했을 때 할망의 방엔 불이 꺼져 있었다. 푸푸는 할망이 열어둔 창문을 넘어 들어갔다. 이곳은 그녀가 항상 푸푸를 위해 열어두는 곳이었다. 푸푸는 온몸을 부르르 떨고는 카펫에 부벼댔다. 그런데 어디선가 생선 냄새가 푸푸의 코로 흘러들었다. 푸푸는 냄새를 찾아 주방으로 달려갔다.

푸푸의 밥그릇에 생선 한 토막이 놓여 있지 않은가.

"헤."

푸푸는 단숨에 먹어 치웠다. 정말 맛있는 생선이었다. 비록 한 토막이긴 했으나 말이다. 푸푸는 입맛을 다시고는 할망의 방으로 갔다. 그리곤 이미 깊이 잠들어 있는 할망의 침대에 올라 이불 밑으로 기어 들어갔다.

'이 못된 고양이 같으니.'

할망의 잠꼬대가 들려왔다.

"치이. 못된 할망 같으니."

제 1장
은빛
물고기를
꿈꾸다

　은빛 고기들이 다시 물위로 뛰어 올랐다. 바다가 온통 은색
으로 바뀌었다. 마치 바닷물이 살아있는 것처럼 보였다. 푸푸
는 그 은빛 고기들을 따라 뛰기 시작했다. 신기하게도 푸푸는
물 위를 달리고 있었다.
　"푸푸! 이 못된 고양이. 이런 지저분한 몸으로 내 침대에 올

라오다니, 당장 내려가지 못해!"

'치, 저런 못된 할망이 내 옆에 있는데 물고기들이 내게 올 리 없지.'

푸푸는 하품과 기지개를 하고는 시커멓게 얼룩이 묻어난 침대에서 뛰어내렸다. 밤새 비가 내리고 맑은 아침하늘이 창 문 밖으로 보였다. 바다 위론 구름들이, 언덕 아래론 물기 먹 은 풀들이 파도를 이루고 있었다.

할망은 아침을 지으려 부엌으로 갔다. 그 뒷모습을 한참 동 안 지켜보던 푸푸는 창문을 넘어 밖으로 나왔다. 집안에서 할 망의 기침소리가 들려왔다. 밤새 할망이 추워 보이더니 감기 라도 걸린 것 같은데 앓아눕는다면 돌봐줄 사람이 아무도 없 었다.

동네에는 심술 맞고 무서운 할망으로 소문이 나 있어서 잘 찾아오는 사람도 없었다. 더욱 그러한 것은 할망과 잘 지내던 이웃들이 모두 시내로 들어가 버렸기 때문이었다. 그래서 할 망은 더욱 말이 없어졌고 심술스런 표정만 늘어가고 있었다. 새로 이사온 이웃은 집을 크게 지어 사는 젊은 부분데 할망과 는 모른 체 살아가고 있었다.

할망의 가족이라고는 외국에 나가 있는 아들이 고작이었 다. 푸푸는 할망의 아들이 외국으로 떠나기 전 길에 버려진 새

끼 고양이를 데려다 주고 간 선물이었다. 그래서인지 할망은 푸푸를 매일 안고 키웠다. 하지만 푸푸가 자라면서 더 이상 그러지 못했다. 푸푸는 온 방과 부엌을 헤집고 다녔고, 할망의 옷을 물고 늘어지는 등 굉장한 심술 고양이기 때문이었다.

그래도 푸푸는 할망의 유일한 말상대이며 유일한 가족이었다. 푸푸가 꼬리를 불태우거나 사고가 생길 때면 은근히 외국에 나가 있는 아들이 걱정되곤 했다. 그러나 그는 별 탈 없이 할망의 생활비와 편지를 보내왔다. 그러면 할망은 푸푸를 앉혀놓고 편지를 읽어주곤 했는데 푸푸는 할망이 그 편지를 다 읽기도 전에 어디론가 사라져버리곤 했다. 그건 할망이 몇 번이고 반복하여 읽었기 때문이었다. 어쨌든 편지는 매달 쌓여가는 할망의 보물이었다. 그러고 보니 이달 생활비와 편지가 올 날짜를 넘기고 있었다.

푸푸는 항구로 갔다.

아침해가 바다를 은빛으로 만들고 있었다. 그러나 뛰어오르는 물고기는 없었다. 그저 잔잔한 바닷물만이 햇빛에 빛나고 있을 뿐이었다. 한참을 바라보던 푸푸는 실망한 눈으로 집으로 돌아왔다. 할망이 푸푸의 죽을 만들어놓고 푸푸를 찾고 있었다. 푸푸는 어제 일을 생각하곤 죽을 다 먹었다. 할망은 웬일인가 하며 쳐다봤지만 아무런 말과 표정이 없었다. 할망이 아프긴 아픈 모양이다.

푸푸는 돌아서 방으로 들어가는 할망의 뒷모습을 물끄러미 바라보다가 밖으로 나와 느티나무 위로 올라갔다. 푸푸는 또다시 멍하니 바다를 바라봤다. 그러자 문득 어제 항구에서의 일이 생각났다. 그리곤 치푸와 아롱이에게 꼭 복수를 해야 한다고 혼자서 투덜거렸다.

"치, 그 은빛물고기들만 다 잡아온다면 치푸 녀석의 코를 납작하게 할 수 있을 텐데 말이야. 겨우 주인 녀석이 주는 물고기나 얻어먹는 주제에."

푸푸가 한창 심술이 나있을 때쯤 할망이 나무 아래로 지나갔다. 아마도 우체국엘 가는 모양이다. 아들의 편지가 우체국 바닥 어딘가에 떨어져 아무도 보지 못한 걸로 생각하고 있을 것이다. 할망은 그렇게 굳게 믿고 있을 것이다. 며칠 동안 밤새 왜 편지가 오지 않을까? 하며 많은 궁리를 해서 내린 결론일 것이다. 그의 아들이 잘못됐다는 것은 할망에게 있을 수 없는 일이기 때문이었다. 아니, 당연히 그럴 수는 없는 일이었다. 절대 그럴 수 없을 것이다.

할망이 저 멀리 사라질 때쯤 아롱이가 은빛 방울을 단 채 나무 아래로 지나고 있었다.

"넌 머지않아 치푸 같이 돼지가 되고 말걸. 물론 지금은 못 된 여우지만."

"그래도 난 너처럼 지저분한 고양이는 싫어. 푸푸 넌 누구도 좋아하지 않는 고양이야. 심술궂은 네 주인마저 널 싫어한다지?"

그리곤 아롱이는 얼른 지나가버렸다.

"치! 그게 무슨 상관이람."

아롱이가 가버린 후에도 푸푸는 좀체 화가 풀리지 않았다. 푸푸는 나무를 내려와 코스모스 언덕으로 뛰어 올랐다. 수많은 코스모스가 활짝 피어올라 바람에 흔들렸고 그 너머로 바다가 보였다. 수많은 고기를 실은 배들과 화물을 실은 배들이 항구로 들어오거나 나가고 있었다.

'치! 아무도 나를 좋아하지 않아.'

푸푸는 한참을 투덜거리다가 느티나무로 돌아왔다. 할망은 아직 돌아오지 않고 있었다. 햇살이 따스하게 내리고 바람은 나뭇잎들을 부비며 지나갔다. 그러다 푸푸는 잠이 들었으나 그 물고기 떼는 보이지 않았다.

까치들의 울음소리에 푸푸는 잠에서 깼다. 이상한 일이었다. 푸푸가 분명히 바닷가에 있었지만 그 물고기 떼는 보이지 않았다. 어디로 간 걸까? 결국에 푸푸는 물고기가 사라진 이유를 아롱이 탓으로 돌렸다가 다시 치푸에게로 갔고, 결국에는 치푸의 주인집 배가 다 잡아 간 것은 아닐까 하는 의심을 하게 되었다. 그러나 치푸의 주인집 배가 은빛물고기를 잡았다는 얘기는 들어 본적이 없으며, 잡아오는 것을 본 적도 없었다.

그렇게 푸푸는 안심을 했다.

해가 질 때쯤 할망이 돌아왔다. 하루 종일 우체국에 있다가 오는 것 같았다. 그러나 별 소득이 없는 듯 할망의 얼굴은 아침보다 더 심각해 보였다. 푸푸는 할망이 걱정되었는지 할망의 뒤를 따라 들어갔다.

할망은 곧바로 침실로 갔다. 침대에 걸터앉은 할망은 멍하니 푸푸를 바라보았다. 그러고는 피곤했는지 곧 잠이 들었다. 그런 할망을 한참이나 지켜보던 푸푸는 밖으로 나와 항구로 갔다.

이제 막 출항을 하려는 배와 만선을 하고 돌아오는 배들로 분주했다. 푸푸는 수많은 고기를 쏟아내는 배들을 두리번거렸다. 그들이 미처 신경 쓰지 못한 고기를 주워 볼 요량이었으나 푸푸는 쫓겨나기 일쑤였다. 이런 곳에서 고기를 줍는 것은 정말이지 번개 같은 솜씨가 필요했다. 항구에 사는 고양이들조차 사람을 피해 고기 줍는 것이 그리 쉬운 일이 아니었다. 푸푸 역시 실력 없는 도둑고양이였으며(실제로도 그렇게 보이지만), 이곳의 도둑고양이들에게조차 그는 도둑일 뿐이었다.

　그가 설사 한 마리를 용케 줍는다고 해도 다른 고양이에게
빼앗기기 마련이었다. 이곳의 고양이들은 정말로 사나웠으며
포악했다. 그들은 가끔 무리를 만들기도 했으나 대부분은 그
들 각자의 구역을 가지고 있었다. 푸푸는 그들을 피해 화물을
실어 나르는 배가 있는 곳으로 갔다. 그곳에는 고깃배들보다
아주 큰 배들이 들어와 있었다. 푸푸는 저 큰 배들로 고기를
잡아온다면, 꿈에서 본 그 고기들을 모두 잡아올 수 있을 것이
라고 생각했다. 푸푸는 다른 배들과 달리 낡고 이상해 보이는
배에 연결된 굵은 닻줄 앞에 멈춰섰다.

　'이 정도의 배라면 그 은빛물고기들을 다 잡아올 수 있을 것
같아. 이 배를 타고 가서 그 은빛물고기들을 실어오기만 하면
돼. 그러면 할망도 좋아하겠지? 그리고 치푸 녀석과 아롱이에
게도 복수를 할 수 있을 거야.'

　"헤, 어디 두고보라지."

　푸푸의 모든 고민들이 해결되는 순간이었다. 푸푸는 신이
났다. 정말로 신이 났다.

　푸푸가 집으로 돌아왔을 때는 할망이 저녁을 짓고 있었다.
　좀 늦은 시간이었는데 할망은 그때까지 잠들어 있었나 보다.

죽이 다 되었는지 할망은 푸푸에게 이리 오라는 눈빛을 보였다. 그리곤 푸푸에게 죽을 떠주었다. 웬일인지 오늘도 생선을 넣은 죽이었다. 아들의 생일이나 푸푸의 생일에 만들어주는 음식이었는데, 오늘은 그런 특별한 날이 아니었다. 푸푸는 더 달라는 표정을 지어 보였다. 그러자 할망은 아무 말 없이 '그래 많이 먹어라' 하는 표정으로 푸푸에게 죽을 더 떠주었다. 푸푸는 할망답지 않은 것이 좀 불안했지만 생선죽은 정말 맛있었다.

저녁을 끝낸 할망은 곧바로 침실로 들어갔고, 푸푸는 밖으로 나와 느티나무 위로 올라갔다.

'난 이 나무가 무척 그리울 거야. 이 나무도 같이 갈 수 있으면 좋겠는데 말이야. 그리고 할망과 이 집도 무척 그리울 거야……. 그러나 곧 물고기 부자가 되어 돌아올 테니까 그렇게 슬퍼하지 않아도 돼.'

푸푸는 사라진 고민과 생겨난 슬픔에 멍하니 달빛에 반짝이는 바다를 바라봤다.

나무에서 내려와 할망의 방으로 갔으나 할망은 촛불을 앞에 두고 기도를 하고 있었다. 갓 피어난 촛불이 할망의 볼을 타고 바닥 어두운 곳으로 사라졌다.

푸푸는 할망이 할망답지 않다고 생각하며 항구로 달렸다. 달빛이 훤한 고요한 밤이었다. 푸푸의 그림자가 배 밑으로 깔렸다. 항구도 달빛으로 고요했다. 저 멀리 술집의 선원들만이 노래를 부르며 흥이 나 있었다. 푸푸는 낮에 봐둔 큰 배로 갔다. 배도 달의 품에 안겨 잠들어 있었다.

푸푸는 배가 묶여 있는 닻줄을 기어올랐다. 줄은 푸푸의 몸통만 했으므로 배에 오르는 것은 너무나 쉬운 일이었다. 배 위에도 역시 달빛만이 자리 잡고 있었다. 이 배를 타고 온 모두가 육지의 술집을 공격하고 있을 것이다.

푸푸는 갑판 위를 신나게 뛰었다.

"와우, 정말로 큰 배인데! 이 정도면 엄청나게 많은 고기들을 실어 올 수 있겠어."

한참 동안 여기저기를 살피던 푸푸는 언덕 위의 집이 생각났다. 저 멀리 느티나무가 꼼짝도 않고 서 있었다. 마치 집은 내가 지킬 테니 어서 다녀오란 듯이 꿋꿋해 보였다. 할망은 지금쯤 잠들었을 것이다. 내일이면 할망의 죽을 먹어줄 고양이 없을 것이다. 이제 할망에게는 찾아오는 편지도 없을 테고, 심술부릴 고양이도 없는 것이다. 그건 푸푸에게도 무척 슬픈 일이었다.

'할망! 금방 다녀올게.'

동이 틀 무렵 선원들이 고래고래 노래를 부르며 배 위로 올라왔다. 그리고는 그들의 침실로 들어가 곧 잠들어 버렸다. 모두가 똑같이 그렇게 잠들어버렸다.

제 2장
상어밥이
된
푸푸

정오쯤 되어서야 그들은 모두 일어나 출항준비를 했다.

푸푸도 선실 지붕 위에서 그들의 분주함에 잠에서 깼다.

"헤, 드디어 출발이군. 먼저 저들에게 나의 존재를 알려야 겠어. 야옹!"

"야옹? 어라! 이게 무슨 소리지? 아니, 저 고양이가 어떻게

여기까지 왔담!"

푸푸의 첫인사에 놀란 한 선원이 의아한 표정으로 푸푸를 빤히 쳐다보았다. 푸푸는 뭘 그렇게 놀라느냐는 얼굴로 웃어 보였다. 그러자 갑자기 어디선가 시커먼 걸레 뭉치가 날아와 푸푸를 덮쳤다.

"야옹(퍽퍽! 이게 뭐야? 숨을 못 쉬겠어. 무슨 냄새가 이렇게 지독해)."

그리고 걸레를 던진 털이 숭숭 난 덩치 큰 선원은 곰 같은 손으로 푸푸의 목을 조였다. 푸푸는 꼼짝없이 잡히고 말았다.

"정말 지저분한 고양이군. 이 걸레와 구분이 가지 않아. 과연 이게 고양인지 의심스러울 정도야. 삐쩍 말라서 남은 것이라고는 털과 뼈밖에 없어."

털보는 좀체 그 손을 놓으려 하지 않았다. 그의 팔과 손은 나무토막처럼 거칠고 단단했으며 온몸이 털로 뒤덮여 있었다. 마치 푸푸의 털처럼.

"야옹(켁켁, 이거 놓아! 이 털보야)."

푸푸는 발버둥을 쳐보았으나 소용없는 일이었다. 그 털보는 푸푸를 미끼로 상어 낚시를 해야겠다며 꽁꽁 묶은 채 갑판 위에 던져놓았다. 선원들은 푸푸를 보고는 모두 의아한 표정을 지었다.

"어떻게 여기까지 오게 됐지? 화물에 숨어들었는가?"

"하지만 화물들은 꽁꽁 묶였는걸요."

"그럼 하늘에서 떨어졌단 말이야?"

"모두들 그 고양이에 신경쓰지 말고 할 일들이나 하라고. 자, 어서!"

털보는 자기의 상어미끼를 빼앗기기라도 할까 봐 미리 그들에게 주의를 주며 소리쳤다. 그리고 음흉한 얼굴로 푸푸를 한번 쳐다보고는 그 역시 걸레자루를 들고 바닥을 닦기 시작했다.

모든 준비가 끝나자 큰 배는 '뿌웅'하며 덩치만큼이나 큰 소리를 내고는 출항을 시작했다. 서서히 배는 육지를 떠나 망망대해에 들어섰다. 오후의 햇볕은 그대로 갑판 위로 떨어졌고 푸푸는 아직 꽁꽁 묶인 채로 숨을 헐떡이고 있었다.

선원들은 배를 바람에 맡겨둔 채 각자의 일을 하고 있었다. 팔씨름을 하거나, 나무를 깎거나, 문을 수리하거나.

그리고 털보는 낚시도구를 손질하고 있었다. 정말 털보는 낚시를 할 모양이었다.

"야옹(털보, 이거 빨리 풀지 못해? 난 여기에 묶여 상어밥이나 되려고 온 게 아냐)."

푸푸는 목이 타고 배가 고파 죽을 지경이었다. 또한 꽁꽁 묶인 줄 때문에 뼈가 부서질 것 같았고, 움직일 때마다 살이 찢어지는 것 같았다. 푸푸는 이제 더 이상 울 기운도 없었다.

'이게 뭐람. 아이구, 이 못된 털보 같으니.'

"하하하. 이제야 모두 끝났군. 몇 달을 쓰지 않았더니 정말 엉망이었는데 말이야."

털보는 손질을 끝낸 낚싯대를 들고 푸푸에게로 다가왔다. 털보의 미소가 심상치 않았다. 곧 그는 선실로 내려가 엄청난 칼을 들고 나왔다.

"야옹, 야옹, 야옹(제발 이러지마. 털보, 부탁이야!)."

"웬 고양이 소리지?"

털보가 한참 푸푸에게 눈독을 들이고 있을 때 뒤에서 누군가 다가오며 물었다.

"아, 선장님! 어디서 왔는지 이 고양이가 갑판 위에 뛰어 다니기에 상어낚시나 해보려고요, 헤헤."

"정말 못생긴 고양이로군!"

선장이 푸푸를 보며 말했다.

"이봐, 갑판장! 이 고양이 창고에 두자고. 그렇지 않아도 쥐가 너무 많아서 고양이 몇 마리 사려고 했는데, 어제 술을 너무 많이 먹는 바람에 내가 잊었군."

그러자 털보는 좀 아쉬운 표정을 지었으나 곧 그러자고 응했다.

"아쉽지만 선장님이 그렇게 생각하셨다니 그렇게 하죠."

"그럼 갑판장이 잘 돌보라고. 앞으로 몇 달을 더 헤매야 할지 모르는데 그 고양이하고 친하게 지내는 것도 괜찮을 거야."

"그러고 보니 그럴 것도 같네요."

선장은 다시 '정말 못생긴 고양이군'하며 가버렸다.

"넌 참 운이 좋은 줄 알라고. 선장님만 아니었으면 넌 오늘 상어밥이 되었을 텐데 말이야. 하긴 넌 너무 마르고 지저분해서 상어가 거들떠보지도 않을 거야. 하지만 네가 창고의 쥐를 모두 잡아먹고 살이 통통하게 찌면 넌 다시 상어밥이 될 거야. 흐흐흐흐허."

털보는 푸푸의 묶인 줄을 풀어주면서 혼자 중얼거렸다. 줄에서 풀려난 푸푸는 안도감을 느끼며 털보의 손가락을 온 힘을 다해 콱 깨물어버리고는 선실 지붕 위로 도망을 쳤다.

"으악, 이 털뭉치! 너 잡히면 즉시 상어밥이 될 줄 알아."

털보는 얼굴을 울그락불그락거리며 갑판 위를 방방 뛰며 소리쳤다.

"치 못돼먹은 털보 같으니."

가도 가도 바다는 끝이 없었다. 털보에게 시달린 푸푸는 밀려오는 피곤과 불어오는 바람에 못 이겨 깊은 잠에 빠져들었다.

오후 내내 잠을 잔 푸푸가 잠에서 깼을 땐 바다가 검은빛을 띄고 뒤로는 붉은 태양이 지고 있었다. 곤한 잠 덕분인지 털보에게 시달린 피곤이 가시고 개운했다.

푸푸는 기지개를 켜고 갑판 위로 뛰어내렸다. 선원들은 식당 안에서 저녁을 먹으며 떠들썩한 분위기였다. 한껏 배가 고파진 푸푸는 '야옹'거리며 창문을 긁어내렸다. 모두의 시선이 푸푸를 향했다. 마침 푸푸의 얘기를 하고 있던 이들은 때마침 나타난 푸푸를 보고는 웃음이 터져 나왔다. 그 웃음은 그칠 줄을 몰랐다. 털보가 벌떡 일어나 창문 쪽으로 쿵쿵거리며 걸어갔다. 푸푸는 꼼짝도 않고 있다가 털보가 다가오자 그를 빤히 쳐다보고는 먼저 말을 걸었다.

"야옹(이봐, 화 풀라고)."

"정말 알 수 없는 고양이군."

털보는 푸푸를 덥석 잡고는 한참을 망설이다가 식탁으로 데리고 갔다. 그러고는 먹다 남은 수프를 푸푸에게 내놓았다. 선원들은 털보의 행동에 의아해했지만 곧 그들도 푸푸와 함께 밥을 먹기 시작했다. 푸푸는 수프와 털보의 붕대 감긴 손가락을 번갈아 보며 수프가 든 밥그릇을 핥았다.

"좋아, 네 이름을 '상어밥'으로 하지. 어차피 넌 살이 통통하게 찌면 상어밥이 될 테니까 말이야."

"하하하, 갑판장님! 그것보다 '털뭉치'가 낫겠는데요. 이놈 털 좀 보라고요."

한 선원이 푸푸를 보고 이렇게 놀려대자 모두들 그게 낫다고 야단들이다.

"야옹(내 이름은 푸푸야)."

"야옹(그리고 난 상어밥이 될 리가 없어)."

"야옹(난 먹을 게 없거든. 그리고 난 누구도 좋아하지 않는 고양이라고)."

푸푸가 수프를 다 먹자 선원들이 남은 음식들을 푸푸에게 밀어 주었다.

푸푸의 배는 순식간에 부풀어 올랐다.

"허어, 이거 참! 이놈 꼭 복어 같군."

털보가 말했다.

"정말이야. 정말 재미있는 고양이에요."

한 선원이 털보의 말에 맞장구를 쳤다. 푸푸는 이렇게 많이 먹어보기는 처음이라 숨을 제대로 쉴 수가 없었다. 심술난 털보는 푸푸의 배를 꾹 눌렀다.

"꽥꽥!"

푸푸가 뒤로 넘어져 잘 일어나지 못하자 선원들은 또 한 번 배꼽을 잡고 웃어댔다.

제3장
털보
술친구를
만나다

선원들은 분주하게 갑판 위를 오갔다.

이제 푸푸는 그들을 하나하나 구분 지을 수 있었다. 키가
큰 꺽다리 선원, 코가 빨간 빨간코 선원, 머리가 없는 대머리
선원, 배(ship)가 흔들릴 만큼 뚱뚱한 뚱뚱이 선원(실제로 그가
움직일 때마다 앞으로 나온 그의 배(belly)도 유난히 움직였다), 팔

만 유난히 긴 긴팔이 선원, 한쪽 다리가 없는 외다리 선원, 유
난히 마른 나무 선원, 머리가 곱슬인 포 선원, 얼굴이 잘생긴
미남 선원, 얼굴에 파란 점이 있는 먹구 선원 그리고 난지 선
원, 안마 선원, 이빨 선원 등등…….

그들은 생긴 것만큼이나 행동도 유별났고 실제로 그들의
별명도 그렇게 불려졌다. 푸푸가 털보 다음으로 잘 알게 된 선
원은 뚱뚱이 선원이었다. 처음에 그는 치푸를 연상케 했기 때
문에 별로 좋아질 것 같지는 않았으나, 푸푸는 곧 그를 좋아할
수밖에 없었다. 그는 주방장이었다. 뚱뚱이 선원은 요리를 하
다가도 맛있는 재료를 떼어 푸푸에게 던져 주었다. 이렇게 주
방장은 알 턱이 없는 푸푸의 가장 반가운 선원이 되었다.

"상어밥."

아침부터 털보는 푸푸를 창고에 잡아넣으려고 야단이다.

"상어밥 어디 갔지?"

"야옹(난 상어밥이 아니라 푸푸야. 그리고 쥐는 못 먹어)."

"오! 여기 있었군."

털보가 푸푸를 덥석 잡으려 하자 푸푸는 털보의 손을 피해
달아났다.

"야옹(헤헤, 내가 그 무식하고 둔한 손에 다시 잡힐까 봐?)."

그러자 털보는 씩씩거리며 푸푸의 뒤를 쫓았다. 갑판 위에

작은 소동이 일어났다.

"쿵쾅, 우당탕!"

푸푸는 털보를 피해 갑판 밑으로 통하는 계단으로 도망쳤다. 그리곤 살짝 열린 문틈으로 쏙 들어갔다. 그 안은 깜깜했으나 곧 모든 것들의 형체가 드러났다.

"상어밥 이놈."

흥분한 털보가 푸푸를 따라왔다. 푸푸는 더 이상 도망갈 곳이 없었기에 둥근 나무통 속으로 숨어들었다. 그 안엔 찰랑거리는 달콤한 냄새의 물이 푸푸의 발을 덮었다.

"아니, 이 고양이가 어디로 갔지?"

털보가 투덜댔다.

"어디로 숨었는지는 모르겠으나, 어쨌든 창고로 보내긴 보냈군."

털보는 이렇게 말하고는 갑판 위로 올라가버렸다. 푸푸는 한바탕 소동에 갈증을 느끼고 그 달콤한 물을 핥았다. 그 물은 향기로울 뿐 아니라 기분도 좋게 만들었다. 배가 부를 정도로 그 물을 먹고는 통 속을 나와 갑판 위로 올라갔다. 푸푸가 갑판 위로 올라오자 갑자기 배가 흔들리기 시작했다. 갑판이 왼쪽으로 기울었다가 다시 오른쪽으로 기울었다가 다시 왼쪽으로……

"야옹(아이구! 햇빛이 이렇게 쨍쨍한데 배가 왜 이렇게 흔들린 담)."

쿵! 결국 배는 뒤집히고 말았다.

"야오오옹!"

"아이구 냄새! 무슨 고양이가 술까지 먹는담. 이건 완전히 갑판장님과 똑같군."

대머리 선원이 쓰러진 푸푸를 들어 올리며 얼굴을 찡그리 자 곧 털보가 나타났다.

"어이쿠, 이놈! 술 창고에 들어갔었군. 정말 보통내기가 아 닌걸."

"갑판장님! 좋은 술친구가 생겼네요."

대머리 선원이 털보를 놀렸다.

"그런 말 말라고. 이놈 때문에 속 좀 썩겠는걸. 선장님만 아 니었다면……."

털보는 푸푸를 안고는 다시 창고가 있는 갑판 아래로 내려 갔다.

"상어밥, 너는 이제 여기서 살아. 여기는 못된 쥐들이 노리 는 아주 중요한 곳이지. 여기서 살면 넌 아마 오래지 않아 살 이 통통하게 찔 거야, 하하하."

"냐~오."

푸푸는 아직 모든 게 흔들렸고 털보의 목소리도 흔들렸다. 그리곤 까마득한 잠에 빠져들었다. 푸푸가 정신이 들었을 때는 이미 창고 안에 갇힌 채 문이 굳게 닫혀 있었다. 푸푸는 지금까지 갇혀진다는 것을 모르고 살아왔기에 이런 상황을 이해할 수가 없었다. 더구나 어둡고 컴컴한 곳에 말이다.

"털보."

목이 터져라 불러도 밖에는 아무런 기척도 나질 않았다.

푸푸는 문 앞에 꼼짝도 않고 웅크리고 앉아 있었다.

아마 하루는 지났을 것이다. 털보의 말대로 창고 안에는 쥐들이 득실거렸다. 그러나 푸푸는 전혀 관심을 갖지 않았다. 쥐들은 처음에는 그를 경계했으나 이제는 푸푸의 꼬리까지 밟고 다니며 푸푸를 귀찮게 했다.

"어휴, 나보고 저 덩치 큰 쥐들을 잡아먹으라고? 난 쥐를 잡아 먹으리라곤 꿈에도 생각해 본 적이 없는걸. 저들이 날 잡아먹지 않으면 다행이겠군."

그때 밖에서 발소리가 작게 들려왔다. 그 발소리는 푸푸가 있는 창고 쪽으로 살금살금 걸어오고 있었다. 그러나 푸푸는 그 발소리가 털보란 걸 금방 알 수 있었다.

"야오옹(털보오~)."

"아이고 이놈, 그래 그곳에 있으니 맛있는 쥐들이 넘쳐나지. 많이많이 잡아먹어. 살이 통통하게 찌면 곧 꺼내줄 테니 말이야. 하하하."

"야옹(털보 제발 좀 꺼내줘. 무서워, 무섭단 말이야)."

그러나 털보는 다시 심술궂게 웃으며 그만 가버리고 말았다. 푸푸가 아무리 소리를 쳐도 소용없는 일이었다. 푸푸는 그만 털썩 주저앉고 말았다.

"못된 털보 같으니."

"갑판장님, 고양인 언제 꺼내 올 거죠? 그 고양이가 없으니 너무 심심한데요."

대머리 선원이 지나는 말로 묻자 털보도 그렇다며 고개를 끄덕였다. 그러나 창고 안의 쥐를 소탕하기 위해서는 어쩔 수 없는 일이라고 했다. 대머리 선원이 선실 안으로 들어가자 털보는 술이나 마셔야겠다며 술 창고가 있는 갑판 밑으로 내려갔다.

푸푸는 이제 모든 걸 체념한 채 상자을 들락거리는 쥐들을 보고 있었다. 작은 쥐들은 서로 장난을 치며 놀았고 큰 쥐들은 상자 안에서 꺼내온 밀이나 쌀을 갉아먹었다. 그중 제일 큰 쥐는 푸푸를 위협할 만큼 컸으나 그의 걸음걸이는 아주 느릿느릿 했다. 작은 쥐들은 그의 등을 오르내리며 큰 쥐를 귀찮게 굴었다. 그러나 그는 별로 신경을 쓰지 않는 것 같았다. 아마 그는 할아버지 쥐나 할머니 쥐쯤 되어 보였다. 한참을 그렇게 눈앞에서 놀던 쥐들은 상자 뒤로 가버리더니 사라져버렸다.

어디로 갔을까?

한참을 의아해하던 푸푸는 벌떡 일어나 그들이 사라진 상자 뒤로 가보았다. 역시나 그곳에는 푸푸도 빠져나갈 수 있을 만큼 큰 구멍이 나 있었다. 그 큰 쥐가 다니려면 이 정도 크기는 당연한 것이었다. 푸푸의 배가 하루 동안 아무것도 먹지 못

하고 빼빼 말라 있는 것이 다행이었다. 좀 힘든 듯해도 잘만
하면 빠져나갈 수 있을 것 같았다.

"헤! 털보, 두고 봐."

푸푸가 몇 번이나 몸을 비틀어 그 구멍을 빠져 나왔으나,
그곳은 사용하지 않는 물건들이 가득 쌓여 있는 다른 창고였
다. 그러나 통로로 통하는 창문이 반쯤 열려 있어 푸푸는 쉽게
빠져나올 수 있었다.

"헤."

푸푸는 털보의 손을 물어줄 생각으로 계단을 올라 갑판으
로 뛰어나갔다. 갑판 위는 저녁 청소를 끝낸 선원들이 선실로
내려가고 아무도 보이지 않았다. 하지만 털보는 선실 벽에 기
대어 술통을 끌어안은 채 술을 마시고 있었다. 그의 눈은 아직
지지 않은 바다 위의 해를 바라보고 있었다. 때문에 그의 붉은
얼굴은 술 때문인지 붉은 태양 때문인지 알 수가 없었다.

"야오옹(털보)."

털보는 푸푸를 보고 굉장히 반가워했다.

"오호, 상어밥! 그런데 창고는 어떻게 빠져 나왔지?"

털보의 발음이 느끼하게 흘러 나왔다. 푸푸는 당장 손을 물
어줄 생각이었으나 털보가 너무 무방비 상태였기에 그렇게 할
수가 없었다.

"상어밥, 저길 봐! 붉은 태양을 삼키려는 저 수평선 말이야
……. 난 원래 산이 아주 많은 곳에서 살았어. 그런데 어느 날
그 산 너머 세상이 무척 궁금해지더란 말이야. 마치 그곳이 나
에겐 무슨 이상인 것처럼 보였어. 그래서 그 산을 넘었는데,
또 산이 있지 뭐야. 하지만 산은 그것만으로 끝나지 않았어.
후우, 산 넘어 산, 산 넘어 산이더군. 그렇게 난 수많은 산들
을 넘었지. 그렇게 넘다 보니깐 더 이상 산은 보이지 않고 저
수평선이 보이더란 말이야. 수평선은 내가 보아오던 산들과는
전혀 다른 느낌이었어. 그래서 난 저 수평선 너머 진짜 내 이
상이 있을 거라고 생각했어. 결국 난 이 배를 타게 됐지. 수평
선에 닿으려고 말이야. 하지만 저 수평선은 아무리 닿으려 해
도 닿을 수가 없었어……. 그렇게 난 수년 동안 저 수평선을
쫓아 다녔어."

털보는 잠시 말이 없다가 다시 이어갔다.

"그러다가 언젠가 난 수평선 위에 있는 작은 섬을 발견했
어. 분명히 그 섬은 수평선 위에 있었어. 마침 이 배도 그쪽으
로 가고 있었고 말이야. 그런데 참 이상한 일이 생겼어. 이 배
는 그 섬을 지나는데 말이야 그 수평선은 또 저 멀리 가 있더
군. 그때는 정말 이상하다고 생각했지. 하지만 난 한참을 생각
한 끝에 알았어. 난 이미 수평선 위에 있었던 거였어. 지금도

그 수평선 위에 있고, 과거에도 난 수평선 위에 있었던 거야. 내가 어디에 가 있던지 이미 그곳은 나의 수평선 위였던 거지. 내가 떠나온 고향마저도 말이야."

털보는 다시 잠시 말을 쉬었다.

"아마도 난 이번 항해가 끝나면 고향으로 돌아갈지도 몰라."

털보는 이렇게 말을 마치고 옆으로 스르르 쓰러져 잠이 들었다. 그러자 푸푸는 털보가 마시다 만 술통 안으로 기어들어 갔고, 수평선 위에 붉은 태양도 검은 바다 속으로 들어갔다.

제4장
은빛물고기야
어디 있니?

끼욱, 끼욱!

큰 갈매기 한 마리가 배 위를 선회하고는 조망대 위에 앉았다. 그 갈매기의 울음소리는 바다를 가르고 수평선 위의 구름까지도 닿았다. 그의 부리와 눈매는 여느 다른 갈매기와는 다르게 크고 맑았으며 선명한 광채를 내고 있었다. 뿐만 아니라 그의 몸체와 날개는 아무리 강한 바닷바람일지라도 가를 수 있을 만큼 날렵해 보였다. 수없이 많은 갈매기를 보아온 선원들의 눈에도 뭔가 다른 느낌의 매력이 느껴진 것 같았다. 보통 땐 관심도 가지지 않았을 텐데……

하지만 그들은 그 갈매기의 느낌을 표현할 만큼 감성적이지는 못했다.

"웬 갈매기지? 이곳엔 갈매기가 살 만한 섬이 없는데."

포 선원이 그 갈매기를 보고 의아해했다.

갑판 위에 있던 모두가 그 갈매기에게 의심에 눈초리를 보였다.

"갑판장님, 우리가 길을 잘못 들었나요? 제가 알기에는 이곳엔 갈매기가 살 만한 섬이 없는데요."

"길 잃은 갈매기겠지. 가끔 저런 갈매기들이 있어."

술이 덜 깬 푸석푸석한 얼굴로 털보는 별로 대수로운 일이 아니라며 귀찮듯이 말하고는 선원들에게 하던 일이나 계속 하라고 재촉했다. 그러자 선원들은 제각각 하던 일을 찾아갔다.

나는 사막을 날고 있었지. 뜨거운 열기가 모래 위에서 불어오고 층계진 모래가 끝없이 펼쳐져 있었기에 '내가 찾는 방울뱀은 도대체 어딜 가야 찾을 수 있을까?' 하는 고민 중이었지.

그래서 난 이 사막에 살고 있는 누구든 만났으면 좋겠다는 생각을 했다. 여기에 살고 있는 이라면 그 방울뱀을 한번쯤은 봤을 것이라고 생각했기 때문이다. 그래서 나는 먼저 하늘 높이 올라가 보이는 무엇이든 찾아보기로 했다. 달리 뾰족한 방법이 있는 것도 아니었기에.

하지만 지글지글 끓어오르는 사막의 열기로 무겁게 쌓인 모래조차 물결처럼 일렁거렸기에 여기서 뭔가를 찾는 것은 결코 쉬운 일이 아니었다. 어쨌든 한참을 헤맨 후에 나는 작은 나무들이 보이는 숲(작은 나무들이 몇 그루 보였지만 그래도 이런 사막에서 몇 그루의 나무는 숲이라고 할 만했다)을 발견했다. 하지만 끝도 없이 펼쳐진 사막 저 끝, 지평선 위는 정말로 먼 거리였다. 잠시 '여기서 방울뱀을 찾는 것이 더 빠르지 않을까?' 하는 고민도 했지만 어쩔 수 없이 그곳으로 가야만 했지. 뜨거운 모래가 싫었을 뿐 아니라 이런 뜨거운 모래 위에 방울뱀이 살 것 같지는 않았기 때문이다. 어쩌면 방울뱀도 저 나무 밑에서 잠을 잘지도 모르는 일이었다. 생각과는 달리 쉽게 그곳에 도착할 수 있었다. 그 뜨거운 열기는 기분은 좋지 않았지만 나를 이곳까지 쉽게 올 수 있도록 도와주었기 때문이다. 그곳은 내가 처음 보았던 그냥 나무 몇 그루가 아니었다. 그 몇 그루 나무 뒤에는 수많은 나무들과 작은 호수까지 끼어 있었다.

놀라운 일이었다. 이 호수는 여기가 사막이기 전에 아주 큰 호수였을지도 모른다는 생각을 들게 했다. 하지만 정확한 건 모르겠다. 사막이 생기면서 작은 호수들은 사라지고 이렇게 큰 호수만이 작아져 남게 되었는지? 아니면 원래부터 이렇게 작은 호수로 생겨났는지?

나는 호수의 아름다움과 기이함에 한참을 방울뱀에 대한 기억을 잃고 있었다. 그때쯤 그 호수 위를 나는 하얀 새를 보고 나는 깜짝 놀랐다.

"끼욱."

그 새는 이렇게 울었다.

더 이상 다른 새는 보이지 않고 오직 그 한 마리뿐이었다. 그리고 그 새는 여기 이 호수를 날기에는 전혀 어울리지 않다는 생각이 들었다. 한참을 살펴본 후에 나는 그 새가 바다에서나 볼 수 있는 갈매기란 걸 알 수 있었다. 그 갈매기는 나의 갈매기에 대한 기억마저 의심스럽게 만들었다.

"당신은 갈매기로 보이는데, 갈매기가 맞나요?"

그 갈매기가 내 옆을 날자 나는 놓치지 않고 그에게 물었다.

"맞을 거예요. 내가 부둣가에 살 때 사람들은 나를 갈매기라고 불렀으니까요. 하지만 여긴 사람이 살지 않아요. 물론 그들

이 여기 산다고 해도 나를 갈매기라고 부를 이유는 없어요. 그건 그들의 편의죠. 물론 당신이 나를 갈매기라고 부르고 싶다면 어쩔 수 없지만 말이에요. 하여튼 내 이름은 하늘이에요. 그건 내가 스스로 지은 이름이죠. 사람이 말하는 꽃의 이름을 따서 말입니다."

"꽃이라니, 무슨 꽃이죠? 하늘이란 당신이 날고 있는 저 파란 창공을 말하는 게 아니었나요?"

"당신은 사람처럼 말하는군요."

그 말대로 난 원래 사람이었고 지금도 난 사람이다.

갈매기는 작은 원을 그리며 다시 내게로 날아왔다.

"사람들이 말하는 하늘과는 다르죠. 물론 가끔 저 파란색의
깊이로 빠져 들고 싶은 충동을 느끼고 날개를 접어보지만, 매
번 내 등 뒤에 있는 땅으로 곤두박질치고 말아요. 내 이름은
그 하늘이 아니라, 우리 새들이 사는 바위틈에 자라는 꽃 이름
이에요. 아무리 거센 바람이 불어도 그 꽃에는 상처 하나 입히
질 못해요. 또 가끔 파도가 그 꽃 아래까지 혀를 낼름거리지
만, 그 꽃까지는 닿지 못해요. 그 꽃은 모두가 좋아했어요. 난
원래 작은 동네 부둣가에서 떨어진 돌섬에서 태어났죠. 그 섬
은 우리 갈매기들이 태어나고 죽는 곳이죠. 그러나 나는 날기
시작하면서 얼마 지나지 않아 그곳이 무척 지루한 곳이란 걸
알았어요. 가끔 나가고 들어오는 배들을 볼 때면 조금 들뜨긴
했지만, 그것도 얼마가지 않아 지루하게 됐죠. 그래서 난 그곳
을 떠나야겠다는 생각을 하고 날개를 단련시켰죠. 차츰 힘이
생기고 날갯짓도 날렵해졌을 때 나에게 행운이 찾아왔죠. 인
간이 말하는 태풍이었어요. 다른 갈매기들은 날려가지 않으려
고 모두들 바위 밑으로 숨어버렸죠. 그러나 나는 그 태풍을 타
고 날기 시작했어요. 그건 나에게 아주 훌륭한 탈출구가 될 수
있다고 생각했거든요. 무척 힘든 일이었지만 결국 날개까지
다쳐가며 이곳까지 오게 됐어요."

"날개는 많이 다쳤나요?"

내가 물었다.

"아뇨, 조금……. 하지만 이젠 모두 나았어요."

"그러면 여기서 계속 살 건가요? 여기 혼자 살면 외롭고 힘들 텐데요?"

"난 여기 살지 않아요. 이제 나의 날개도 다시 튼튼해졌으니 여길 떠날 거예요. 나 같은 새가 바다를 떠나 여행한다는 것은 무척 위험한 일이죠. 당신도 알다시피."

그 순간 갈매기의 여행이라는 말에 내 여행의 목적인 방울뱀이 생각났다.

"아참! 혹시 여기서 방울소리를 내는 뱀을 보지 못했나요?"

"아, 그 꼬리를 흔들고 다니는 뱀 말인가요? 예, 알아요. 하지만 그 불만투성이인 뱀은 왜 찾는 거죠?"

"그 뱀을 아는군요. 그런데 그 뱀이 불만투성이라니, 이해가 잘 가지 않는군요?"

"그 뱀은 항상 불만투성이에요. 모래뿐인 사막, 뜨거운 태양, 흙을 몰고 다니는 바람, 그는 모든 걸 이런 식으로 표현해요. 그는 이곳을 좋아하지 않아요."

나는 막연한 혼란에 빠졌다.

내가 그 뱀을 찾아온 이유는 나의 궁금함 때문이었다. 항상 나는 이 사막을 동경해왔다. 뜨거운 열기와 끝없는 모래, 갇혀 있지 않은 공간, 이곳은 분명 세상의 모든 이상이 숨겨져 있으리라고 믿었기 때문이다. 그리고 사막에 사는 생물을 알고 있는 것이라곤 오직 방울뱀이었기에 난 그를 찾아 온 것이다(하지만 이 갈매기를 만나면서 모든 건 꼭 그것처럼 되어 있지는 않다는 것을 알았다).

나는 내가 꿈꿔온 이상을 품고 있을 사막에 대해 방울뱀에게서 증명받고 이야기하고 싶었다. 나의 막연한 기대에 대한 사실을……

"그 방울뱀을 만나려면 어디로 가야 하죠?"

"그 뱀은 햇볕이 뜨거운 낮이면 저 큰 나무 밑에서 잠을 잔다고 했어요. 하지만 왜 그 뱀을 찾는지 궁금하군요?"

"그저 당신처럼 궁금한 게 있을 뿐이에요. 나는 가봐야겠어요. 당신을 만나서 참 반가웠어요. 정말이지 다음에 또 만나고 싶군요."

"운이 좋다면 다시 만날 수 있을 거예요."

나는 갈매기와 인사를 하고 그 방울뱀이 있다는 큰 가시나무 밑으로 갔다.

그러나 그곳엔 방울뱀이 보이지 않았다. 갈매기의 말대로 그는 모래 속에서 잠을 자고 있는 모양이다. 난 나무 위에 앉

아서 기다리기로 했다. 갈매기의 말이 맞다면, 곧 그를 만날
수 있으리라는 설레임으로.

　나는 멍하니 사막위로 붉게 이글거리는 태양을 보고, 다시
그 뒤로 총총히 놓여진 구름을 보고, 또 그 아래 태양만큼이나
뜨거운 열기를 품고 있을 세상을 생각하고 있었다.
　그때였다.
　<u>뜨르르르르!</u>
　방울뱀이 나타났다. 그는 모래 속에서 기어 나와 주위를 둘
러보고는 심하게 꼬리를 흔들어댔다. 나는 그를 놓칠 수 없었
기에 얼른 그에게 다가갔다.
　"당신이 방울뱀인가요?"
　"그래, 그런데 넌 뭐지?"
　나는 깜짝 놀랐다. 갈매기의 말대로 그는 쌀쌀맞았고, 움직
임 빼고 부드러운 구석은 전혀 보이지 않았다.
　그의 얼굴 역시 무척 불만스런 표정이었다.
　"난 당신을 만나러 왔어요."
　"나는 뭣 하러 만나러 왔지? 나는 당신에게 아무 것도 줄
게 없어. 그러니까 귀찮게 굴지 말고 저리 꺼져."
　"당신은 왜 그렇게 불만투성이죠?"

"뭐, 내가 불만투성이라고! 그럼 이렇게 귀찮게 구는데 불만투성일 수밖에. 난 지금 저녁거리를 구하러 가야 해. 이 빌어먹을 사막엔 먹을 것이라곤 하나도 없어. 뜨겁기만 뜨겁고, 정말이지 살 데가 못 된단 말이야."

난 더 이상 그에게 말을 걸 수가 없었다. 이곳까지 그를 찾아온 게 너무 무의미해질 뿐이었다. 그는 사막 속으로 사라져 갔다. 나는 한참이나 그의 사라진 뒷모습을 멍하니 바라보고 있었다.

뜨르르르……

저 멀리서 그의 불만의 소리가 어둠을 타고 흘러왔다.

이건 내가 오래전에 방울뱀을 만나러 갔을 때의 이야기다. 그때 나는 저 갈매기를 처음 보았다. 그런데 이곳, 시작도 끝도 없는 바다 중간에서 그를 또 보게 될 줄은 상상도 못한 일이다. 예전에 그의 말처럼 다시 만나게 될 줄은 말이다.

하지만 난 그에게 '또 만났군요' 하며 불쑥 말을 걸 용기가 나지 않았다.

그건 왜 그런지 나도 잘 모르겠다.

왜일까?

난 그의 그 사막에서부터의 여행이 무척 궁금했다. 하지만 그건 굳이 그에게 물어보지 않아도 알 수 있을 것 같았다. 그는 눈 쌓인 큰 산맥을 넘었을 것이고, 끝도 없는 초원을 지나 도시도 지났을 것이다. 그리고 큰 나무들이 우거진 숲을 지났고, 다시 넓은 바다를 지나 거친 대륙을 지났을 것이다. 그건 그의 눈빛만으로도 충분히 알 수 있었다. 그는 몰라보게 성장해 있었다. 그에게선 강하고 부드럽게 빛이 나고 있었다.

"너는 어디서 왔지?"

푸푸가 물었다.

"……?"

"왜 말을 못하지?"

"난 떠나온 곳이 너무 많아. 그래서 꼭 어디라고 말하기가 어렵군."

"하아! 그러면 너는 은빛물고기가 어디에 있는지 알겠구나?"

"은빛물고기라니?"

"은빛을 띄는 물고기 말이야. 엄청나게 떼지어 다니지."

"그런 물고긴 보지 못한 것 같은데."

"잘 생각해 봐. 어쩌면 그냥 지나쳐 봤을 수도 있잖아."

"하지만 그런 물고기를 본 기억은 없어. 그런데 그 물고기는 왜 찾지?"

"난 은빛물고기들을 잡아서 집으로 가야 하거든. 그래서 치푸 녀석의 코를 납작하게 만들어주고, 모두들 나를 좋아하게 만들어주려고 말이야. 그리고 은빛물고기들을 보면 할망도 아주 좋아할걸. 우리 할망은 물고기죽을 아주 좋아할 뿐 아니라, 아주 잘 만들지."

푸푸는 입맛을 다시며 말했다.

"어쨌든 미안하군. 난 그런 물고기들은 보지 못했어. 큰 고래나 뿔난 고기 같은 것들은 많이 봤지만. 그리고 은빛을 띄는 물고기를 보긴 했어도 그렇게 반짝이지도, 떼지어 다니지도 않았어."

갈매기의 말에 푸푸는 실망한 눈빛을 보였다.

"알려줘서 고마워. 그런데 넌 어디로 가는 거지?"

"난 여행 중이지만 날개가 많이 쇠약해졌어. 그래서 더 늦기 전에 내가 태어난 돌섬으로 가려고 해. 하지만 너무 멀리 떠나와서 그곳이 어디 있는지 어디로 가야 하는지 모르겠어."

"넌 길을 잃었구나?"

"아니, 그렇지는 않아."

"길을 잃지 않았다니? 이해가 안 되는걸."

"난 항상 내가 목적한 곳으로 날고 있으니 그렇지는 않아."

"목적? 너도 물고기를 찾는 거니?"

"아니."

"그럼 네 목적이란 게 뭐지?"

"처음엔 그냥 내가 태어난 곳을 떠나는 거였어. 하지만 지금은 다시 그곳으로 돌아가는 것이 내 목적이야."

"하지만 넌 처음부터 떠나지 않았으면 됐을 텐데."

"난 처음부터 내가 다시 돌아가는 것이 목적이 되리라고는 알지 못했어. 내가 그 섬을 떠나지 않았다면 난 아직까지 떠나는 것을 목적으로 살고 있을 거야. 그건 안타깝고 불행한 일이지."

"그런데 왜 돌아가는 것을 목적으로 했지?"

"난 집을 떠나오면서부터 수많은 목적들이 생겼어. 그 목적들을 이루려 노력했지. 눈 덮인 산을 넘다가 목숨을 잃을 뻔하고, 도시를 지나다가 까마귀들에게 쫓기기도 하고 말이야. 그러나 계속 그런 목적이 있었던 것은 아니야. 때때로 난 갈 곳을 잃고 방황한 적도 있고, 내가 노력한 것들이 뜻하는 것과는 다른 결과를 가져오기도 했어. 하지만 지금까지 내가 선택한 것들과 지나온 시간에 후회하지는 않아. 후회란 내 의지를 넘어 존재하지 않거든."

"난 네가 왜 다시 집으로 돌아가는 것이 목적인지 물었다고?"

"그건 그냥 그런 생각이 들었을 뿐이야."

"넌 어려운 말만 하는군."

"그건 어려운 것이 아니야. 아마도 제일 쉬운 일일지도 몰라. 네가 은빛물고기를 찾아가듯이 말이야."

"내가 은빛물고기를 찾아 떠나는 것은 치푸 녀석의 코를 납작하게 만들어주려고 하기 때문이야. 물론 우리 할망을 위해서이기도 하지."

"이유가 뭐든 그건 결국 네가 원하는 일이기 때문이야. 나도 마찬가지지. 내가 목적으로 둔 것은 모두가 내가 원하는 일이였던 거야. 난 그 일에 충실했던 것뿐이고."

"맞아. 그건 지금 내가 제일 원하는 일이야. 그렇지 않다면 난 내가 좋아하는 느티나무 위에서 낮잠을 자고 있을 거야. 왜냐하면 그건 은빛물고기를 잡는 일 다음으로 내가 제일 원하는 일이니까."

"그러면 이제 날 이해해주는 거니?"

"…아니, 그렇지는 않아. 아직 넌 네가 뭘 찾아다니는지 말하지 않았다고. 내 은빛물고기처럼 말이야."

"내가 원하는 것들은 그렇게 뚜렷이 보이지는 않아. 그것이 때때로 날 목적 없이 날게 했으니 말이야."

"내 질문은 그렇게 어려운 것이 아녔다고. 어쨌든 네가 원하는 걸 꼭 이루길 바래."

"그래, 고마워. 이제 그만 가봐야겠어. 너도 그 은빛물고길 꼭 찾길 바래."

그들은 서로 이해하기 어려운 말만 하고 헤어졌다. 푸푸는 한참 동안 그 갈매기의 뒤를 보고 있었다. 그도 집 생각이 났는지 시무룩한 표정으로 바다를 동서남북으로 둘러보고는 조망대를 내려왔다.

제 5장
나의
이야기

　내가 태어난 곳은 석탄을 품은 큰 산들로 둘러싸인 아주 오
래된 항구 도시였다. 주위 산들은 계절에 민감하게 색깔을 바
꿔갔고, 층층이 쌓아 올린 도시건물 벽돌들은 수많은 습기를
머금은 이끼들에 덮여 있었다.
　말 그대로 도시는 습기를 먹고사는 이끼들에 점령당해 있

었다. 하루 중 늦은 오후에만 도시는 뽀송뽀송 되살아났는데, 사람들 역시 이 시간에만 기분이 좋아지는 것 같았다. 하지만 부드럽던 햇살이 노을과 함께 사라지고 나면 골목골목에 숨어 있던 습기들이 다시 나와 사람과 건물을 삼키고 또다시 도시를 점령했다. 이처럼 이 도시엔 미로 같은 음산한 골목이 많았다. 예전엔 이곳에도 사람들이 꽉꽉 들어 차 있었지만, 폐광이 늘어나자 이렇게 버려진 골목도 늘어나게 되었다.

이제 이 골목들은 아이들에게 좋은 탐험 장소가 되거나, 이래저래 하루 벌어 먹고사는 몇몇 사람들과 여기저기 구걸하여 먹고사는 거지들의 보금자리로 변해갔다. 그들은 곰팡이가 피어 쾌쾌한 냄새를 풍기는 담요(이 담요들은 도시에 습기를 뿜어대는 심술마법사의 담요처럼 보이기도 했다)를 목에 감고 다녔으며, 가끔 그들이 동냥하러 나올 때면 몇 푼 던져주고 싶어도 가까이 가지 못할 만큼 지저분하고 냄새가 났다. 이런 골목은 주로 도시의 북쪽에 많이 있었는데, 이 도시에서 제일 음산하다고 할 만한 골목 하나가 나의 학교 가는 길에 늑대처럼 웅크리고 있었다(우리 집도 여느 집들과 마찬가지로 북쪽의 낡고 가난한 집들에 가지런히 놓여 있었다).

나는 그 골목을 지날 때면 항상 잔뜩 겁을 집어먹고 빨리 뛰어 건너야만 했다. 거지들 중에는 밥을 먹지 못해 사람을 잡아먹는다는 소문을 들었기 때문이다(하지만 이건 학교의 아이들에게나 도는 그런 소문이었다. 처음 시작은 누군가 심술궂은 장난에서 시작했을 테지만, 아직 어린 아이들에겐 두려움과 흥미의 이야기임에 틀림없었다. 나에게는 흥미보단 두려움에 가까운 이야기였다). 그 골목을 지나기 전에 난 마음속으로 단단히 준비를 해야 했다. 그리곤 앞만 보고 그야말로 죽어라 뛰어갔다.

가끔 누군가가 그 길을 지나고 있을 때는 난 그냥 학교에 늦어서 뛰어가는 것 같은 표정을 하는데, 사실 그런 것엔 아무도 신경을 쓰지 않았다. 심지어 그들 옆으로 지나가는 것조차도 의식하지 못하는 사람도 있었다. 어쨌든 그들은 아무렇지도 않게 그 골목을 지나다녔다. 그들은 어른이기도 하지만, 그런 이상한 소문은 들어보지도 못했을 것이다. 때문에 내가 그 골목에 대해 겁을 먹고 있다는 걸 알 만한 사람은 없었다. 그래서 그것은 조금 다행한 일인지도 몰랐다.

사실 그 골목을 건널 때 힐끗 안쪽을 들여다 볼 때가 있었는데, 그곳엔 사람을 잡아먹을 만한 아무것도 보이지 않았다. 소문 속 그들은 골목 안쪽으로 들어가 다시 좌우로 꺾어 들어간 곳에 천막을 치거나, 버려진 집에서 살고 있다고는 하지만…….

나에겐 이것 말고도 무서운 게 참 많았다. 하루의 시작과 중간 그리고 끝엔 나를 무섭게 하는 것들이 항상 대기 중이었다. 때문에 나는 언제나 두려움에 떨어야 했고, 매일 같은 하루는 이끼에 덮인 벽돌처럼 두려움의 틀 속에 꽉 박혀 숨을 쉴 수가 없었다. 어디에도 나를 안심시킬 수 있는 곳은 없는 것 같았다. 그렇다고 그들을 부정하거나 거역할 수 있는 것도 아니었다. 그러기엔 난 아직 어렸고, 그럴 용기도 힘도 없었다. 이런 환경에 적응하고는 있었지만, 뭔가 잘못되어 있다는 건 직감적으로 느끼고 있었다. 그것은 아마도 모든 동물이 가지는 본능 같은 것이라 할 수 있겠다. 도마뱀들이 알에서 깨어나 배우지 않고도 그들이 먹어야 할 것과 피해야 할 것들을 알아차리듯 말이다.

나는 때때로 책에 나온 사진과 이야기들에서 내가 결코 행복한 상태가 아님을 알 수 있게 하는 증거를 찾을 수 있었다.

교실 뒤켠 책꽂이에 꽂혀 먼지에 질식한 책을 깨워 펼쳐본 건 끝없이 펼쳐진 사막이었다. 그 사진 속에는 햇볕에 그을렸는지 아니면 원래 검은 사람인지 모르겠지만, 흰 두건을 쓴 사람이 환하게 웃어 보이고 있었다. 뒤로는 모래 언덕이 끝없이 펼쳐 보였고, 그의 옆쪽에는 몇 그루 나무들이 서 있었다. 그의 얼굴은 참 편안하고 행복해 보였다. 때문에 그 사진은 내게 지울 수 없는 영상이 되었고 사막은 모든 걸 편안하게 만들어 줄 힘과 이상이 있는 세계라고 믿게 되었다.

난 그 책을 다른 친구들 손때가 잘 타지 않는 곳에 꽂아두고
는 혼자 꺼내 보곤 했는데, 어느 땐가 그 책이 사라진 것을 알
고는 너무 실망하게 되었다. 그 책은 책꽂이 맨 위에 자리잡고
있는 것이 보였는데 그 후로 난 다시 그 책엔 손대지 않았다.

아빠는 탄광에서 일하다가 사고로 왼쪽다리를 다쳤고, 더
이상 그곳에서 일을 할 수 없게 되었다. 퇴원하고 다른 일거리
를 찾아 다녔지만 이미 정상인과 다른 몸이 된 아빠에게는 쉽
게 일자리를 내주지 않았다. 그리고 얼마 지나지 않아 아빠는
술만 먹어대는 술주정뱅이가 되고 말았다.

그는 술병과 함께 잠들고 술병과 함께 잠에서 깼다. 그래
서인지 그는 때때로 비워진 술병처럼 보이기도 했다. 그런 아
빠를 매일 상대해야 하는 일은 엄마와 나에게 너무도 버거운
일이었다. 어쨌든 나보다도 엄마가 아빠의 모든 술주정을 감
수해야 했으며, 매일 똑같은 일이 반복될 것 같은 불안한 미래
에 지쳐만 갔다.

내가 학교를 파하고 집에 오면 고요한 오후의 신들이 우리
집에 몰려와 밤새 일어난 일들에 수군수군댔다. 그들의 즐거운
이야기는 내 마음을 너무 무겁게 만들었다. 때문에 난 때때로
집 앞에 있는 공터와 담 밑에서 개미군대와 전투를 벌이거나

건너건너 집에 사는 형우와 흙모래 쌓기를 하며 늦은 오후의 시간을 보냈다. 하지만 형우는 일을 하지 않을 때면 동생을 돌봐야 했기 때문에 나와는 그리 오랫동안 있지를 못했다. 그는 나와 동갑이지만 병든 엄마와 동생 때문에 학교에 다니지는 못하고 삼촌이 운영하는 작은 연탄공장에서 심부름을 하며 근근이 가족이 연명할 돈을 벌었다. 난 형우와 같이 있을 때가 좋았다. 하지만 시간이 지날수록 형우와 있는 시간은 자꾸 줄어만 갔고 이제는 거의 만날 수 없는 친구가 되어버렸다.

해가 질 무렵에야 집으로 돌아가는데 그때쯤이면 식당 일을 갔던 엄마가 돌아와 있기 때문이었다. 물론 엄마가 와 있다는 건 어린 나보다도 더 심술난 술 취한 아빠와 전쟁이 시작된다는 것이기도 했다. 밤 동안 이렇게 시간이 지나면 아빠는 지쳐 잠이 들고, 그제야 나도 새벽 동안 잠깐 잠이 들었다. 아빠는 그날 밤에 대한 벌을 받기라도 하듯 아침이면 끙끙거리며 고통스런 소리를 냈다. 그는 그 고통을 참으려고 애를 쓰지만, 곧 다시 술병을 찾아 나서고 이렇게 다시 아빠의 하루도 반복하게 된다.

전날과 똑같은 복장과 가방으로 학교로 나서면 엄마는 나를 불러 밥을 먹였다. 난 나보다 더 불쌍해 보이는 계란부침을 먹음으로써 아빠의 일상처럼 반복되는 나의 하루를 시작했다.

엄마는 나를 사랑했다. 물론 엄마는 아빠도 사랑했다. 그래서 엄마는 더 힘이 들지도 몰랐다. 그런 엄마의 마음을 아는지라 난 엄마를 위해 학교를 가야 했다. 예전에 형우처럼 학교를 가지 않고 그를 따라 연탄공장을 갔으면 좋겠다는 생각에 학교가 아닌 연탄공장으로 간 적이 있었다. 하지만 더 이상 그 연탄공장을 가지는 못했다. 형우의 삼촌이 엄마에게 그 사실을 알렸기 때문이다. 엄마는 날 미친 듯이 때렸다. 그 후로 난 가방을 메고 학교로 향하는 것이 내가 엄마에게 해줄 수 있는 유일한 일이란 걸 알았다.

학교는 내게 그리 즐거운 곳이 되지 못했다. 몇몇 친구들은 나를 외톨이라고 놀려댔으며, 선생님마저도 나를 공부 못하는 학생이라며 그리 좋게 보지 않았다. 그래도 나는 아빠의 술병이 뒹구는 집보다는 학교가 좋았다. 책꽂이의 책들을 볼 수가 있었고, 점심시간이면 그 책들과 함께 있을 수 있는 자유의 시간이 있었기 때문이었다.

학교를 마치고 해가 지고서야 집에 왔지만 아빠와 엄마는 보이지 않았다. 나는 부엌으로 들어가 먹을 걸 찾았다. 아빠가 오기 전에 뭐든 먹어둬야 새벽까지 배가 고프지 않기 때문이다. 엄마가 저녁을 차려주기는 하지만 매일 먹을 수 있는 건 아니었다. 여유가 있을 때 미리 먹어두는 것이다(이건 내 의식적이고 계산된 행동이었다. 도마뱀과는 다른).

밤늦게 술에 잔뜩 취한 아빠와 몹시 지쳐 보이는 엄마가 돌아왔다. 아빠는 끝도 없이 비틀거렸다. 엄마는 나를 보자 울음을 터뜨렸다. 그리곤 술에 절어 힘이 빠진 아빠를 미친 듯이 때리며 소리를 질렀다. 나는 그녀가 미치지는 않을까, 하는 걱정이 되었다. 이렇게 다시 끝없는 실랑이가 시작되고 새벽이 되어서야 지쳐 잠이 들었다.

나는 엄마가 깨기 전에 일찍 학교로 출발했다. 아침이면 아버지의 끙끙대는 소리는 듣기 싫었던 것이다. 계란부침을 안 먹고 나온 것은 엄마에게 미안한 일이지만, 새벽에 일찍 잠이 깬 덕분에 곧바로 학교로 향했다. 그렇다고 학교를 일찍 가고 싶은 건 아니었다. 새벽 짙은 안개가 재미있을 것 같았고, 여명을 보는 것도 조금은 위안이 되기 때문이었다. 새벽안개는 습기처럼 그렇게 기분 나쁜 것도 아니며, 언제나 같은 세상을 조금 다르게 보이게 하는 마력을 가진 것 같았다.

하지만 그 덕분에 난 매일 가슴 졸여 건너던 사람 잡아먹는 무서운 골목을 뛰어 넘는 걸 깜빡 잊고 말았다. 그건 안개 속에서 불쑥 나타난 거지를 만나고 나서야 깨닫게 되었다. 그도 갑자기 나타난 꼬마를 보고는 놀라는 표정이었다. 그의 눈은 한참 동안이나 나를 바라보고 있었다(사실 그건 순간이었을 것이다. 그의 눈빛에 내가 꼼짝없이 얼어버리자 내 주위를 지나던 시간도 함께 얼어붙었기 때문에 그 순간의 시간이 한참으로 느껴졌을 것이다).

그가 먼저 시선을 떨구고 내 옆을 지나갔다. 그가 지나가고 나서 한참 후에야 나는 뒤돌아 그를 볼 수 있었다. 이미 흐릿하게 되어버린 그의 뒷모습은 몹시 웅크려 있었고 소문대로 그는 곰팡이가 폈을 울긋불긋한 담요로 그의 몸을 감싸고 있었다. 나는 한참 동안 안개 속으로 사라지는 그를 바라봤다. 그건 그 소문 속 거지여서가 아니라 그가 주고 간 너무나 특별한 느낌 때문이었다. 아니 느낌이라기보다는 어떤 향기라고 해야 하겠다. 그래 그건 향기였다. 아주 미약한 꽃향기.

그날 나는 학교에서 산수 문제로 나머지 공부를 하게 되었다. 온종일 새벽에 만난 그 거지에 대한 생각이 내 머릿속을 채우고 있는 바람에 여느 때보다도 더 수업에 집중할 수가 없었다. 선생님은 나 이외에 세 명을 더 지목하셨는데 문제를 못 풀면 집에 갈 생각도 말라는 것이었다. 집에 가지 말라니! 나에게는 그리 큰 협박이 되지 못했다.

나는 청소를 끝내고 선생님이 돌아올 때까지 조용히 기다렸다. 다른 아이들은 오늘 배운 산수 문제를 이해하려고 무던한 노력을 쏟고 있었다. 마침내 선생님이 돌아오시고 칠판에 오늘 배운 산수 몇 문제를 푸셨는데 나는 그것을 잘 이해했다(사실 난 언제나 잘 이해했다. 그러나 항상 집중하는 것은 아니었다. 수업을 마칠 때쯤 내 공책에는 수많은 그림들이 그려져 있었다. 그 그림들은 내가 온종일 수업시간에 무슨 생각을 하고 있었는지, 어딜 다녀왔는지를 알려주는 지도와도 같았다).

그러나 선생님 앞에서 그걸 설명해야 했을 때는 나는 아무말도 할 수가 없었다. 그는 나의 하루 끝에서 만나는 마지막 무서운 상대였기에 나의 입은 꽉 닫혀버렸고, 온몸은 이미 굳어버렸기 때문이었다.

다른 아이들은 더듬더듬 설명을 하고는 모두들 제각기 집으로 갔다. 그리고 시간이 흐른 후 참다못한 선생님은 나의 볼을 사정없이 내려쳤다. 나는 그 힘에 실려 교실 바닥으로 내동댕이쳐지고 말았다. 나는 더욱 겁을 집어먹고는 다시 선생님 앞으로 갔다. 그는 다시 질문을 했다. 그러나 이미 그 질문은 내 귀에 들어오지 않을 뿐더러 눈물에 가려 그 숫자들도 보이지 않았다(숫자들은 내 눈물방울 속에서 헤엄을 치며 나를 놀려댈 뿐이었다). 다시 그의 손이 나에게 날아왔다. 나는 다시 내동댕이쳐졌다. 나는 울지 않으려고 온 얼굴에 힘을 주고 입을 꽉 물었다. 그제야 선생님은 '개노무 새끼!' 하며 가버렸다.

　나는 한참을 서서 입을 꽉 다물고 있었다. 마치 내가 움직이기라도 하면 어디선가 다시 선생님이 튀어나올 것만 같았다. 한참 후에 나는 교실을 나올 수 있었는데, 이미 해는 정오를 한참 지나 저녁을 향해 달리고 있었다. 모두 빠져나간 운동장에는 바람만 태워주고 있는 그네들이 삐걱대고 있었다. 나는 얼얼한 얼굴을 매만지며 눈물과 콧물을 훌쩍였다. 그리곤 딱히 갈 만한 곳이 생각나질 않아 운동장가에 있는 소나무 밑에 앉았다.

　한참을 그 공허한 운동장을 바라보고 있을 때 선생님이 현관을 나와 운동장을 가로질러 갔다. 나는 나도 모르게 얼른 그 소나무 뒤에 몸을 숨겨 그의 뒷모습을 바라보았는데 그의 걸음걸이는 힘이 쭉 빠져 있었다. 나는 그가 운동장을 가로질러 가는 내내 그를 지켜보다가 그가 가버리고 한참이 지난 후에야 나도 다시 전쟁이 시작되고 있을 집으로 걸음을 옮겼다(나는 오늘도 엄마에게 나를 보여줌으로써 그녀의 두 발에 족쇄를 채워야 했다. 이 세상에서 내가 존재 할 수 있는 유일한 기억장소는 그녀의 머리와 가슴이기 때문이다).

　9월의 도시는 정말 조용했다. 가끔 저 멀리 바다에서 뱃고

동이 들려올 뿐······.

　나는 아직도 코를 훌쩍이며 힘없이 도로를 따라 터벅터벅 걸어가고 있었다. 어쩌다 지나는 사람들 모두가 여느 때와는 달리 느릿느릿하게 모든 행동이 이루어졌다. 그러나 언제나 그렇듯 그들의 얼굴은 무표정했다. 지나던 과일가게 주인의 시선이 나를 따라오더니 곧 고개를 돌렸다. 갑작스레 불어온 바람이 그의 가게를 방문했기 때문이다. 바람은 곧 한 길로 늘어선 플라타너스 나뭇잎을 부벼 시원하게 바스락거리는 소리를 냈다. 난 걸음을 멈추고 그 나무 위를 올려다봤다. 갈색과 녹색의 뾰족한 잎들이 파란 캔버스에 바람 따라 붓질을 해댔다. 난 그 물감 통에 빠져 느슨한 늦은 오후의 분위기에 물들여졌다. 그렇게 내 마음은 편해지고 있었다.

　어느새 난 그 늑대의 음산한 골목에 다다랐다(그러나 난 예전처럼 그 골목에 대한 두려움 같은 것이 들지 않았다). 그 골목 안쪽으로는 오후의 햇볕이 잠깐 그을리고 간 탓에 따뜻한 공기들이 한껏 웅크리고 있었다. 때마침 그 골목을 타고 불어오던 바람이 그 공기들을 몰고 나와 내 온몸을 감싸 안았다. 그 바람은 따뜻할 뿐 아니라 부드럽기도 하고 향긋한 꽃 냄새까지 품고 있었다. 햇볕은 공간의 반을 그어 위로는 노랗게, 아래론 어둡게 그늘을 지었지만 여전히 그 춥고 음산한 느낌은 전혀 들지 않았다. 나는 고개를 바로 들어 그 안을 향해 걸어 들어갔다. 갑자기 뭔가 튀어나올 것 같은 느낌이 들긴 했지만 불어오는 그 향긋하고 따뜻한 바람이 계속 나를 불러들였다.

나는 골목 끝까지 걸어 들어갔다. 그러자 갈라진 길 양쪽으로 군청색 계통의 천막들이 줄을 맞춰 서 있는 것이 보였다. 개중에는 색깔이 아주 바래 낡아버렸지만, 아직 튼튼하고 진한 색의 천막들도 사이사이 자리를 잡고 있었다. 내가 더 이상 발걸음을 잇지 못하고 있을 때 오른쪽 골목 저쪽에서 한 노파의 노랫소리가 들려왔다. 그 노래는 힘이 없는 목소리였으나 살아 있는 바람처럼 저 깊숙한 산 속까지, 저 높은 하늘까지 파고들어갔다. 나도 이미 그 노랫가락의 마술에 걸려 스스로 제어할 힘을 잃어버리고 말았다. 나는 이상하리만큼 가벼워진 발걸음으로 그 노랫가락을 따라갔다. 그것은 다 낡아버린 천막 밑에서 파란 두건을 쓰고 있는 노파의 노래였다. 내가 그녀에게로 다가가자 그녀는 씩 웃으며 '이리 와 보렴' 하고 손짓을 했다.

"어디서 왔지?"

나는 아무 말도 하지 못했다.

"오! 그래, 그럼 이리 와서 여기 좀 앉아주겠니?"

나는 한참을 머뭇거리다가 그녀의 옆에 가서 앉았다.

"이런, 운 게로구나. 누구에게 맞았니? 얼굴이 많이 부었어."

그 노인은 딱하다며 내 얼굴을 어루만져주었다. 그녀의 손은 한없이 부드러운 느낌을 주었다. 그것은 얼굴뿐만 아니라 온몸과 마음을 편안하게 했다. 노파는 내 가방을 벗겨주며 '학교에 다녀오는 길이니?' 하며 물었다. 나는 대답 대신 고개를 끄덕였다.

"같이 다니는 친구는 없니?"

나는 다시 고개를 떨구었다.

"이 할미가 괜한 질문을 했구나. 그래, 이 할미가 잘못했다."

그 노파는 내 볼을 쓰다듬으며 부드러운 미소를 지어 보였다.

"할머니는 여기서 뭐해?"

나는 어디서 용기가 났는지 불쑥 그런 질문을 했다. 그러고는 내 질문에 내가 놀라 불안하게 그녀의 표정을 살폈다. 그러자 그 노파는 한참을 웃으며 내게 대답해왔다.

"오호, 말을 할 줄 아는구나! 음, 할미는 여기서 생각을 하지. 어떻게 하면 우리 꼬마 같은 친구들을 행복하게 해줄 수 있을까? 하고 말이야."

나는 이해할 수 없다는 표정을 지으며 그녀를 물끄러미 바라봤다.

"할머니는 이 세상을 돌아다니며 여행을 하지. 아픈 사람이 있으면 그들의 병을 고쳐주고, 배가 고픈 사람이 있으면 그들에게 먹을 것을 주지."

"그러면 우리 아빠도 고칠 수 있겠네?"

"그럼, 그렇고말고. 이 할미가 우리 꼬마손님 아빠의 병을 고쳐준다고 약속을 하마. 자! 이리 와 보렴."

노파는 나를 품에 안으며 조금 전의 그 노래를 다시 부르기 시작했다.

들에는 꽃이 피고 하늘을 봐요.
이미 세상엔 온통 햇빛들로 가득한걸요.
자 이리 와 봐요, 우리 함께 가요.
저기 초원이 보이나요?
꽃들을 보세요.
이렇게 세상은 우릴 반겨요.
슬프면 울어버려요.
그러면 곧 즐거움이 돋아날 거예요.
저기 하늘을 보세요.

나는 그녀의 노랫가락을 따라 하늘을 보았다.

파란 하늘이 깊이 빠져 있고 새들이 작은 몸짓으로 그 하늘을 가로질러 갔다. 평화로운 오후의 하늘이었다.

그래서였을까? 난 그 노파의 품에서 깊은 잠에 빠져들 것 같은 느낌이 들었다. 그리고 내가 정신을 잠깐 잃고 난 얼마 후였다. 난 그 노파의 품을 떠나 하늘로 떠오르고 있었다. 여전히 들려오는 노파의 노랫소리와 그 향긋한 꽃내음이 바람을 타고 부드럽게 내게 밀려왔다. 땅 위의 건물과 나무들이 점점 멀어지며 내 몸은 파란 하늘 깊이 빠져들고 있었다.

　"아가야, 이제부터 너는 여행을 하렴. 네가 가고 싶은 곳이 있으면 언제나 그곳에 갈 수 있지. 하지만 이건 잊어선 안 돼. 네가 본 것만큼 남에게 보여줄 수 있어야 해. 알겠니? 자! 그럼 네가 원하는 곳으로 여행을 떠나보렴. 너를 다시 만나게 될 그 날이 몹시 궁금하구나. 부디 건강하렴."

　그 노파의 목소리가 저 아래에서 들려왔다.

　나는 사막을 향해 날고 있었다. 언젠가 책에서 본 그 사막을 향해……

제 6장
털보의
낚시

 며칠째 배는 바다 위를 가르고 있었다. 하지만 먼 바다를
보고 있노라면 배는 제자리에 멈춘 듯 언제나 같은 바다, 같은
하늘만 보였다. 가끔 하늘 위로 지나가는 구름과 배 밑의 물결
만이 시간 따라 흘러가고 있었다.
 푸푸는 갑판 위에 배를 깔고 털보가 낚시하는 모습을 지켜

보고 있었다.

낚시미끼를 물고기에게 **뺏기고** 그가 다시 낚시 바늘에 미끼를 낄 때면 푸푸의 인상이 일그러졌다.

'저런 무식한 털보 같으니. 나를 저 바늘에 낄 생각을 했다니!'

털보는 아침부터 낚시를 하고 있었으나, 아직 한 마리도 잡지 못했다. 처음엔 푸푸 역시 큰 기대에 **빠져** 있었는데 이제는 포기한 눈치였다.

"아이, 이거 참! 정말 재수 없는 날이군."

"야옹(털보 배고파)."

"잠깐만 기다려 봐. 엄청 큰 놈으로 잡아줄 테니."

그러나 바다는 잔잔하기 그지없었다. 조망대 위의 긴팔 선원도 잠이 들었는지 머리카락만 날리고 있었다. 더 이상 기대가 사라진 푸푸는 어슬렁어슬렁 햇빛을 피해 청소하다 버려둔 물통 뒤로 가서는 털썩 누워버렸다. 털보의 씩씩거리는 소리가 물통 너머에서 들려왔다. 그리곤 얼마 지나지 않아 털보의 흥분한 목소리가 들려왔다.

"새치 떼야, 새치 떼라고!"

그러자 여기저기에서 선원들이 몰려들었다. 갑자기 어디서 나타났는지 온 바다가 물고기 파도로 일렁이고 있었다. 수많은 물고기들이 물위로 솟아올랐다가 다시 바다 속으로 사라졌다. 바다는 물고기들 행진을 따라 수많은 물거품을 뿜어내 그 광경을 더욱 근사하게 만들었다.

푸푸와 선원들은 그 광경에 한참 동안 입을 다물지 못했다. 푸푸는 은빛물고기인지도 몰라 한참을 살펴봤지만, 그 물고기들은 온통 푸른빛을 띠고 있었다. 그들은 푸푸가 찾던 그 은빛 물고기는 아니었다. 푸푸는 무척 아쉬운 눈치였지만 그 은빛 물고기에 대한 좀 더 가까운 희망을 가질 수 있게 된지도 모를 일이었다. 푸푸의 얼굴이 다시 밝아지는 것으로 봐서 그것만으로도 즐거운 모양이었다. 배 위의 선원들은 낚싯대와 작살을 찾느라 분주했다.

"정말 엄청난 물고기 떼군! 저 물고기를 좀 봐. 저렇게 큰 물고기는 처음이야."

드디어 털보의 낚싯대가 팽팽하게 당겨졌다.

"우하하, 드디어 왔군. 엄청 큰 놈이야!"

털보의 낚싯대에는 정말로 큰 물고기가 물려 있었다.

"야옹(우와! 무지 큰 물고기군)."

곧 그 물고기가 끌려오자 모두들 감탄하는 모습이었다.

"야옹(저런 큰 물고기도 무식한 힘에는 어쩔 수 없군)."

갑판 위로 올려진 물고기는 푸푸의 키보다도 몇 배나 크고

길었다. 푸푸는 언젠가 부둣가에서 본 고래라고 하는 무지무
지 큰 물고기를 본 적이 있기는 하지만 지금처럼 신나고 놀랍
지는 않았다.

"이봐, 상어밥. 이건 놀랄 일이 아냐. 난 예전에 이것보다
더 큰 놈도 잡은 적이 있다고. 하하하, 그리고 난 큰 상어도
잡았단 말이야."

털보는 으쓱거리며 자기의 낚시 실력을 자랑했다.

"야옹(털보, 그만해)."

푸푸의 눈앞에서 큰 덩치의 물고기가 숨을 헐떡이며 펄떡
이자 푸푸는 꼭 은빛물고기를 찾아야겠다고 생각했다. 그래서
치푸 녀석의 코를 납작하게 만들어주리라고……

이어서 곧 선장의 낚싯대에도 한 마리가 물고 늘어졌다.

오늘 저녁은 선장과 털보가 잡아 올린 주둥이가 긴 물고기 요리다. 푸푸는 뚱뚱이 주방장 뒤를 졸졸졸 따라다니며 그를 귀찮게 했다. 그래도 그는 싱글벙글 웃으며 싱싱한 생선 조각을 푸푸에게 던져 주었다.

"상어밥, 너 이러다가 나의 멋진 요리를 먹기도 전에 배가 부르겠어. 이제는 귀찮게 굴지 말고 밖에 나가서 놀아. 이 멋진 요리가 준비되면 선장님보다 널 먼저 부를 테니 말이야."

'뚱뚱이 주방장은 치푸 녀석과는 반대란 말이야. 뚱뚱이 주방장, 내가 잘 알지도 못하고 싫어한 것은 용서해. 그건 순전히 치푸 녀석 때문이야. 그 녀석도 뚱뚱이 주방장처럼 뚱뚱하거든. 가끔 그 녀석은 돼지인지 구분이 안 갈 정도야. 털만 아니면 아마 모두들 돼지로 볼걸.'

푸푸는 시무룩한 표정을 하며 주방을 나왔다. 그리곤 갑판 위를 올라가 두리번거리며 주위를 살폈다. 모두들 저녁을 기다리러 선실로 내려가고 조망대 위에 긴팔 선원과 갑판 위에 노을 붉은 빛만이 내려와 있었다.

"아니 이 녀석! 오늘은 웬일이지? 밥시간이 되면 제일 먼저 와 있던 놈이, 특히 오늘은 내가 잡은 생선요리를 먹는 날인데."

"밖에 없나요? 조금 전에 주방에서 나를 귀찮게 굴더니 어딜 갔지? 하기야 내가 준 생선 조각만 해도 적은 양은 아니지. 하지만 섭섭한데, 이 맛있는 요리를 다 거부하다니."

떠들썩한 식탁 위에서 털보와 뚱뚱이 주방장은 푸푸의 행방이 궁금해졌다.

"상어밥이 갑판 위에서 두리번거리는 걸 봤는데 제가 데리고 올까요?"

털보는 푸푸를 찾아오겠다는 긴팔 선원을 앉혀놓고 갑판 위로 올라갔다.

"상어밥, 어디 있지?"

털보의 굵은 목소리가 바다를 타고 저 멀리 사라졌다.

"이놈이 어딜 갔지? 상어밥, 상어밥!"

그러나 아무 데서도 푸푸는 나타나지 않았다. 털보는 걱정이 되었는지 얼굴이 굳어졌다.

"갑판 위에는 없는 것 같은데 창고에도 갈 리가 없고. 저 위에 있나?"

털보는 물통을 겹겹이 쌓아 올리고는 지휘실 지붕 위를 보았다.

순간 푸푸의 눈과 털보의 눈이 마주쳤다.

"흐흐."

푸푸는 갑자기 나타난 털보의 시커먼 얼굴에 깜짝 놀랐지만 다시 시무룩한 표정으로 지나간 뱃길을 물끄러미 보았다.

"아니, 이놈! 여기서 뭘 하는 거지? 불러도 나타나지 않더니 오늘은 웬일이야? 엄마가 보고 싶은가?"

털보는 검지로 푸푸의 얼굴을 톡톡 두들겼다.

"상어밥! 오늘은 왜 너답지 않게 구는 거지?"

"야옹(털보, 귀찮게 굴지 마)."

털보는 히죽히죽 웃으며 계속 푸푸의 얼굴을 톡톡 쳤다.

"끼야악, 아이구 이놈."

푸푸는 계속 귀찮게 구는 털보의 손가락을 단숨에 물어버리고는 갑판으로 뛰어내려 주방으로 도망을 갔다.

"아이쿠! 저놈. 정말 골치 아픈 고양이군."

털보는 손을 부여잡고 갑판 위를 방방 뛰다가 씩씩거리며 식탁으로 뛰어들어갔다. 그러나 푸푸는 벌써 선원들 틈에서 맛있는 물고기 요리를 먹고 있었다.

제 7장
외다리!
너는
누구냐?

선장이 배 위의 모든 선원들을 불러 모았다.

그의 말에 따르면 이 배가 길을 잃었다는 것이다. 하지만 큰 문젯거리는 되지 않는다고 했다. 언제나 이런 일이 있어온 양 선원들은 배 위의 지겨움이 연장되었다며 투덜거렸다. 선장은 곧 정상 항로로 들어설 테니 걱정 말고 각자 일들이나 열

심히 하라며 그들을 다시 해산시켰다.

푸푸는 매일처럼 갑판 위와 전망대를 오르내리며 먼 바다를 둘러보고 있었다. 그들처럼 목적한 방향이 있던 것은 아니지만 푸푸 역시 지쳐가고 있는 것은 마찬가지였다. 어떠한 기대보다는 습관처럼, 아니면 길고 긴 바다 위의 지루한 시간을 달래보려는 것뿐, 처음의 그 큰 기대는 사라져가고 있었다. 이제는 꿈속에서도 은빛물고기는 더 이상 나타나지 않았다. 어쩌면 그도 뱃사람들처럼 섬이든 육지든 바다 위에 솟은 뭔가를 더 바라고 있을지도 몰랐다.

나 역시 푸푸를 떠나 다른 친구의 여행을 따라가려고 한 적이 있었다. 얼마 전 한 떼의 오리가 지나갔는데 난 그들을 따라갈까? 하는 마음을 먹었었다. 그러나 난 푸푸의 여행을 포기할 수가 없었다. 그건 예전에 그 사막에서 만난 갈매기처럼 언젠가 다시 푸푸를 만난다면, 난 그의 여행이 너무 궁금해질 뿐만 아니라 그에게도 부끄러워질 것 같았기 때문이다. 더욱이 이렇게 쉽게 포기할 여행이라면, 또 다른 누구를 만나더라도 다시 쉽게 여겨버리리라 생각되었기에 그를 떠날 수가 없었다. 갑판 위에서 잠자고 있는 푸푸를 보며 그에게 미안한 생각이 들었다.

푸푸가 이 배에서 제일 싫어하는 사람은 물론 털보였다. 그리고 외다리 선원과 긴팔 선원인데, 먼저 긴팔 선원은 털보의 명령을 곧잘 따랐기 때문이다. 언제나 푸푸는 긴팔 선원에게 잡혀 털보에게 넘겨졌다. 이 긴팔 선원의 팔은 도대체 가늠할 수가 없어서 요리조리 아무리 도망을 쳐도 그에겐 역부족이었다. 더구나 그는 팔이 긴 만큼 행동도 빨랐다.

푸푸는 긴팔 선원의 팔을 물고 싶지는 않았지만 어쩔 수 없이 그의 팔을 물고 도망을 가야 했다. 그런 그가 조금씩 겁을 먹자 푸푸는 이제 도망을 가기보다는 그가 다가오면 아예 으르렁거려 물어버릴 자세를 취했다. 그러면 그는 꾸물꾸물 뒷걸음을 쳤다. 그리고는 털보의 눈치를 봤는데 털보는 이미 물린 손을 잡고 씩씩거리고 있을 뿐.

그리고 외다리 선원은 푸푸가 장난치거나 심술을 부릴 수 없는 유일한 인물이었다. 그의 얼굴은 항상 긴 머리칼에 가려져 있었고 가끔씩 보이는 그의 눈빛은 푸푸를 기분 나쁘게 했다. 특히, 그와 눈이 마주칠 때면 마음을 모두 읽혀버리는 것같이 가슴이 서늘해졌다.

이 배에서 그가 하는 일은 배의 방향을 잡는 일이었다. 그래서 그는 언제나 조타실에 앉아 컴퍼스와 자를 가지고 지도 위에 방향을 잡았는데, 그 일을 하지 않을 때는 언제나 그의 방에 쌓여 있는 책들을 가져다 읽곤 했다. 이러한 그가 푸푸에게 별 관심을 보이지 않는 것이 다행인 듯 푸푸 역시 그에게는 별 관심을 보이지 않았다. 하지만 그의 나무토막 발은 갑판을 '쿵쿵'하고 두드려 푸푸의 잠을 깨우곤 했다. 물론 털보의 심술에 잠을 깨는 경우가 더욱 많았지만.

푸푸가 할 일 없이 갑판을 열한 바퀴째 돌고 있는데 이 외다리 선원과 마주치게 되었다. 푸푸는 멈칫하며 그의 얼굴을 올려다보았다. 그는 살며시 웃으며 부자연스럽지만 아주 능숙하게 갑판 위에 털썩 주저앉았다. 그리고는 푸푸에게 이리 오라는 손짓을 했다. 푸푸는 잠시 머뭇거리다 고개를 저었다.

"야옹(싫어)!"

"왜? 내가 무섭니?"

푸푸는 깜짝 놀랐다.

그는 푸푸의 말을 알아들은 듯 바로 받아 대답을 했기 때문이다. 뿐만 아니라 그가 하는 말은 그냥 사람들이 하는 그런 말이 아니었다. 그것은 공기를 타고 흘러오는 진동이라기보다는 그냥 푸푸의 귓속에서만 울려대는 것 같았기 때문이다.

"너는 도대체 뭐지? 내가 하는 말을 알아듣는 거야?"

"후후, 나는 너뿐 아니라 모든 동물들의 말을 알아듣지. 얼마 전 이 배에서 쉬어간 큰오리들 이야기를 엿듣기도 했어. 그들은 수백 리를 쉬지 않고 날았다고 하더군. 다행히 우리 배를 만나 편하게 쉬어 갈 수 있었다며 그들끼리 하는 얘길 들었어. 아하, 또 중요한 정보가 있었지. 그들은 폭풍을 피해 돌아가는 길에 우리 배를 만났다고 했어. 그들은 우리가 가는 방향으로 곧장 가면 그 폭풍을 만날 거라고 했지. 그래서 내가 선장에게 거짓말을 한 거야. 이 배가 잠시 길을 잃었다는 건 사실이 아니야. 폭풍을 알고도 지날 순 없잖아. 그러기엔 이 배는 너무 낡았어. 머지않아 폐선이 될 신세라고. 어쨌든 폭풍은 별로 좋은 손님이 아니니까!"

푸푸는 줄줄 늘어놓는 외다리 선원의 이야기가 당황스러웠지만 자연스레 그의 말을 받았다.

"하지만 선장에게 폭풍이 온다고 말을 하면 되잖아?"

"선장은 내가 오리들에 이야기를 들었다면 믿지 않아."

"그렇겠군."

"어쨌든 선장은 나를 신뢰하거든. 아무리 그래도 내가 오리에게서 그 이야기를 들었다고 하면 웃음거리밖에 안 된다고."

"그런데 너는 어떻게 오리와 내 말을 알아듣지?"

외다리는 한참을 침묵하다가 말을 시작했다.

"난 어릴 때 사고로 한쪽 발을 잃었어. 아주 끔찍한 일이야. 그 이후로 나는 공포와 충격으로 말하는 법을 잃어버렸어. 물론 오랜 후에는 조금씩 하게 되었지만 말이야. 그보다 난 사람들이 하는 말보다 우리 집에 사는 고양이와 카나리아의 말을 먼저 배웠어. 언젠가 그들을 가만히 보고 있으니까 갑자기, '빌어먹을. 왜 주인은 저 카나리아 옆에도 못 가게 하지? 정말 맛있게 생겼는데' 하더군. 난 정말 깜짝 놀랐어. 믿기지가 않더군. 혹시나 해서 그에게 말을 걸었더니, 그 고양인 깜짝 놀라 나를 쳐다보는 거야. 아니 놀라는 정도가 아니라 무슨 공포에 질린 얼굴을 하더군. 그리고 슬금슬금 도망을 가선 다시는 돌아오지 않았어. 카나리아 역시 무척 놀란 눈치였는데 그는 오히려 반가워했어. 그 카나리아와 친해지고부터는 내 생각이 바뀌기 시작했어. 매일 책이나 읽고 방에만 있던 내가 가끔 정원에도 나가게 되었고, 오리랑 다람쥐와도 친해지게 되었어. 밤이면 카나리아와 함께 이야길 하고 말이야. 물론 카나리아는 더 이상 새장 안엔 갇혀 있지 않았어. 그는 하늘을 날고 나무 위에서 쉬기도 했지. 그가 새장 안에 있을 때는 정말 지옥 같았다고 하더군. 도망갈 곳은 없는데 그 고양이가 매번 자기를 노렸으니 말이야. 어쨌든 그가 하늘을 날 수 있게 된 건 참 다행한 일이지. 내게는 더욱 더. 카나리아는 아침이 되면 온 세상을 날아다니다가 저녁이면 내게 와서 그가 본 이야기를 해주곤 했어. 그의 이야기는 정말 재미있었어. 하지만 카나리아의 이야기가 끝나고 나면 난 슬픈 생각이 들었어. 난 한쪽 발이 없어 남들처럼 쉽게 돌아다닐 수가 없었으니까 말이야. 더구나 오랫동안 집에만 있었기 때문에 밖에 나간다는 건 상상도 할 수 없는 일이었지. 내가 할 수 있는 일이라곤 책을 보는 것과 그 카나리아의 이야기를 듣는 것뿐이었으니까 말이야."

푸푸는 게슴츠레한 눈으로 외다리 선원의 이야기를 듣고 있었다. 그는 잠시 하늘 위로 눈을 돌렸다가 다시 푸푸를 보았다. 푸푸도 그를 따라 하늘을 보았다. 하지만 하늘 위엔 아무것도 없었다.

"상어밥."

"잠깐, 내 이름은 푸푸야. 그 상어밥이란 이름은 정말 듣기 싫어. 이젠 날 푸푸라고 불러. 그리고 저 무식한 털보에게도 내 이름은 상어밥이 아니라 푸푸라고 말 좀 해줘."

"하하하, 그랬군. 멋진 이름이야. 갑판장에게 말해주지. 하지만 큰 기대는 하지 않는 게 좋아."

"푸푸."

외다리 선원이 다시 푸푸를 불렀다.

"넌 이 세상에서 가장 멋진 새의 이름을 알고 있니?"

"독수리, 콘돌, 부엉이……."

푸푸는 중얼거리며 그가 알고 있는 새들의 이름을 불러 갔다.

"좋아! 그중에 독수리로 하지. 독수리는 정말 멋진 새야. 그러면 가장 못난 새는 뭐지?"

"그건 까마귀야. 그 무식한 까마귀들은 내가 나무 위에서 낮잠을 잘 때면 언제나 내 다리와 배를 콕콕 찍어. 어휴 정말 아파."

"하하하, 푸푸 넌 정말 재미있는 고양이구나."

"웃을 일은 아니라고."

푸푸는 통명스럽게 말했다.

"그래 네 말처럼 가장 못난 새가 까마귀일 수도 있지. 그건 별 문제가 아니야. 하지만 내 문제의 답은 그 역시 독수리라는 거야. 푸푸! 넌 닭장 안에 사는 독수리를 본 적이 있니?"

"아니, 없는데."

"참으로 많은 사람들이 스스로를 독수리라고 생각하며 살아. 하지만 그들은 스스로를 닭장 속에 가둬버리지. 그러고는 매일 하늘을 나는 꿈을 꾸는 거야. 그리고 또다시 아침에 눈을 뜨면 자기가 독수리인 양 으스대, 닭장 속에서 말이야. 그렇게 그들은 그곳에서 평생을 살다가 죽어. 그런 그들의 시체는 정말 닭의 모습을 하고 있지. 안타깝게도 말이야. 어쩌면 그들은 정말로 독수리였는지도 몰라. 사실 이 세상 누구든 독수리의 알로 태어나거든. 나도 또 너도 말이야."

푸푸는 도대체 무슨 말을 하고 있는지 모르겠다는 표정이었다.

　가장 훌륭한 새가 독수리인데 가장 못난 새가 또 독수리며 왜 그 독수리가 갑자기 닭으로 변했는지? 그러면서도 푸푸는 몸 구석구석을 힐끔힐끔 훑어보았다. 날개나 깃털의 흔적이라도 있는가 하고 말이다. 하지만 아무리 훑어봐도 끼리끼리 뭉쳐 있는 털들뿐 어느 곳에도 독수리였다는 흔적은 없었다.

　푸푸는 멋쩍은 듯이 외다리 선원에게로 눈을 돌렸다. 그는 푸푸에게 한번 웃어 보이고는 말을 계속 이어갔다.

　"예전에 난 내가 독수리라고 생각해 본 적이 없었어. 하지만 그 카나리아의 이야기를 들으면서 나도 독수리일 수도 있다는 생각이 들더군. 다리 하나가 없다고 독수리가 닭으로 변하지는 않으니까 말이야. 그래서 나는 이렇게 생각했어. '난 독수리다. 단지 지금까지 그걸 깨닫지 못하고 있었던 것뿐이야.' 라고 말이야. 정말 난 그런 꿈조차 꿔본 적이 없었거든. 카나리아의 이야기를 들으면서 점점 더 확신을 가졌어. 그러더니 세상에 대한 두려움이 조금씩 사라지더군. 뿐만 아니라, 앞으로 내가 뭘 선택하고 뭘 하든, 후회 같은 것은 들지 않을 거라는 믿음이 생겼어. 그래서 난 저 하늘을 날아보리라 결심을 했어. 하늘을 나는데 한쪽 발이 없다는 건 그리 큰 문제가 아니니까 말이야. 내가 그런 결심을 하자 그 카나리아는 더 이상 나를 찾아오지 않더군. 그렇게 그는 나도 독수리로 살 수 있다는 걸 일깨워주고 있었던 것 같아. 난 드디어 그 힘겨운 날개 짓을 시작했어. 저 하늘을 향해 말이야. 하지만 그 하늘을 날기란 생각만큼 쉬운 일이 아니더군. 바람에 날려 땅에 곤두박질치기도 하고 잘못해서 가시덤불에 빠지기도 했어. 힘겨운 일이었지. 거친 세상을 난다는 건 말이야. 후! 세상이 점점 익숙해질 때쯤 난 시골 한 부두에서 이 배를 만났어. 이 배는 멋진 날개뿐만 아니라 훌륭한 한쪽 다리가 되어주니까 내게는 큰 행운이었어. 더구나 이 배는 두 다리를 가진 사람도 가기 힘든 곳까지 나를 데려다 주거든."

외다리 선원은 다시 말을 쉬다가 이었다.

"처음에도 그랬지만 지금도 난 정말 행복해. 넌 아니? 매일 같은 바다만 보이는 것 같지만, 난 아냐. 잠시 눈을 돌려도 언제나 다른 바다, 다른 하늘, 다른 별들이 보여. 때문에 난 항상 설레. 자유를 가진 행복한 설레임 말이야. 그래서 난 끝까지 독수리로 살리라고 맹세했어. 그건 언제나 꿈을 꾸며 그 꿈을 포기하지 않는 거야. 그러면 모든 게 행복하게 돼. 지금처럼 말이야."

푸푸는 외다리 선원이 이해할 수 없는 말만 하자 속으로 '역시 모르는 체 지내는 게 낫겠군' 하고 생각했다. 푸푸는 턱을 바닥에 대고는 게슴츠레한 얼굴로 그의 한쪽 다리를 보았다. 그 다리는 그리 튼튼해 보이진 않았지만 그런대로 그에게 두 다리 못지않은 일을 해주고 있는 것 같았다. 푸푸가 이런 생각에 빠져 있을 때쯤 털보가 씩씩거리며 그들에게로 다가왔다.

"외다리! 여기서 뭐하는 거지?"

"아! 갑판장님, 그냥 상어밥이랑 놀고 있어요."

"야옹(푸푸래두)!"

외다리 선원은 푸푸에게 싱긋 웃어 보였다.

"갑판장님! 제가 이 고양이 이름을 지었는데 한번 들어 보실래요?"

"이름은 무슨! 이 고양인 상어밥이야."

"하하하! 하지만 갑판장님, 그건 이름이 아니잖아요."

"헤헤, 이름 가지고 너무 신경쓰지 마. 곧 진짜로 상어밥이 될 테니까 말이야."

털보가 이렇게 말하며 푸푸에게 심술궂은 웃음을 지어 보이자 푸푸 역시 털보에게 한심하다는 표정을 지어 보였다. 외다리 선원은 털보에게 계속 말을 이었다.

"갑판장님! '푸푸'란 이름 어떠세요?"

"뭐, 푸푸? 푸하하하하! 상어밥 이름을 푸푸라 하자고? 정말 웃긴 이름이야. 좋아좋아, 생각나면 가끔 그렇게 불러주지, 상어밥."

털보는 다시 푸푸를 쳐다보며 약을 올렸다. 푸푸는 한숨만 나올 뿐이었다.

"야옹(무식한 털보 같으니라구)."

털보가 배꼽을 잡고 선실로 들어가자 외다리 선원은 약속을 지켰다며 푸푸에게 말했다.

"고맙군. 나도 별로 기대는 하지 않았어. 어쨌든 고마워."

"아이쿠! 늦었군. 오늘은 내 이야기만 한 것 같아. 다음엔 푸푸 네 얘기가 듣고 싶은걸."

"참나! 이건 믿을 수 없는 일이라고. 내가 사람에게 얘기를
한다니 말이야."

"하하, 그게 그리 이상한 일은 아니야."

외다리 선원도 조타실로 올라가자 푸푸는 다시 갑판을 돌
기 시작했다.

시간도 역시 푸푸의 꽁무니를 따라 돌며 하루를 끝내고 있
었다.

제 8장
이상한 섬,
친구야
안녕!

뱃사람들에게 별은 방향을 잡을 수 있는 좋은 지표다. 어느
쪽이 동서남북이며, 지금 계절은 무엇이며, 날씨는 어떻게 변
할 건지 등등. 하지만 나에게는 그저 별 있는 곳이 하늘이며,
별이 보이는 때는 밤이란 것뿐. 그리고 그 반대 방향은 바다라
는 것. 이것만 안다면 내가 하늘을 날아 여행을 하는 데 아무

런 지장이 없다. 하늘과 바다를 구분하는 더 확실한 방법은 이 조망대에서 떨어져 보면 안다. 그러면 그곳이 바다고 그 반대가 하늘이다. 그러나 그런 실험을 해본 적은 없다.

밤이 되면 조망대는 내 차지가 되었다. 거기서는 별이 한가득 보이는데 하늘도 바다처럼 고요하고 적막하다. 때때로 바다가 요동을 칠 때면 하늘 역시 검은 구름과 비로 요동을 친다. 하늘과 바다는 사이가 좋았다가 다시 나빴다가 한다. 그들 사이가 좋은 날이면 난 가끔 조망대에서 잠이 들었다. 그러다 수평선 멀리서 해가 오르면 난 그 빛에 놀라 잠을 깼다. 그리고 멍하니 해가 오르는 것을 지켜보다가 엄마 생각을 한다. 그 노파가 아빠의 병을 고쳐준다고 했으니 엄마는 더 이상 아빠하고 싸우지 않을 것이다. 난 엄마가 보고 싶다. 하지만 이 끝을 알 수 없는 여행이 언제 끝날지 모르겠다.

털보의 배 위에서 잠든 푸푸가 제일 먼저 잠에서 일어나고 그리고 외다리 선원이 일어난다. 다시 하루가 시작되면 언제나처럼 배 위는 분주해진다.

"이 못된 고양이! 넌 정말 구제불능이야, 상어밥!"

"쿵쾅쿵쾅!"

아침은 언제나 털보와 푸푸의 줄다리기로 시작되었다. 그건 푸푸가 꿈속에서 물고기를 뜯는데 그것이 털보의 손일 때가 있고, 쉬를 했는데 그것이 털보의 배 위일 때가 있기 때문이다. 그렇지 않으면 털보의 다리나 팔뚝에 깔린 푸푸가 털보를 무는 경우인데 어떤 경우든 아침엔 이들의 쫓고 쫓기는 장면이 펼쳐졌다. 그러다 선장님이 조회를 할 때쯤 이들의 실랑이가 끝났다.

"이보게들! 이제 바다에 나온 지 꽤 많은 시간이 흘렀는데 아직 우리 목적지인 탕쿠어엔 반도 가지 못했네. 길만 잃지 않았다면 지금쯤 안마엔 도착했어야 하는데 말이야. 그래서 말인데 이젠 우리가 먹을 식량과 물이 부족해. 식량이야 뭐 예전에 잡아둔 물고기도 있고 또 잡으면 되니까 말이야. 그런데 물이 부족하단 말이야. 며칠 내로 물을 구하지 못하면 우린 힘들어질 게 뻔해. 비라도 와주면 좋으련만."

"하지만 무작정 비를 기다릴 수는 없습니다."

대머리 선원이 말했다.

"그래 맞아. 무작정 비를 기다릴 수는 없어."

털보가 맞장구를 쳤다.

"선장님, 지금부터라도 물이 있을 만한 섬을 찾아야겠어요."

나무 선원이 선장에게 말했다.

"그래, 그 방법밖엔 없어. 좀 늦어지더라도 어쩔 수 없는 것 같아. 다들 어떻게 생각하나?"

비는 언제든 올 수 있지만 노력으로는 되지 않는 일이니 모두들 물이 있을 만한 섬을 찾아보는 것이 좋겠다고 했다. 그러자 선장은 그것도 쉬운 일은 아니라고 말하면서도 섬을 찾는 것으로 결론을 내렸다. 그리고 갑판장에게 구체적인 업무를 지시하며 수행하라고 했다.

"자자, 모두들 잘 듣게. 우리는 계속 탕쿠어로 가겠지만 주위를 잘 살피라고. 다들 알다시피 우리는 물이 있을 만한 섬을 찾아야 해. 먼저 긴팔 선원이 조망대에 올라가 주위를 잘 둘러봐. 그리고 갈매기가 있는지도 잘 살펴야 해. 나머지 선원들은 순서를 정하여 교대를 하라고."

털보가 큰 목소리로 업무지시를 끝내자 긴팔 선원은 조망대에 올라가면 어느 방향을 봐야 하냐고 물었다.

"이봐, 섬이 있는 쪽을 봐야지."

"……? 예, 알겠습니다."

늘 그렇듯이 긴팔 선원은 상황을 이해하는 데 시간이 걸렸다.

긴팔 선원은 눈 깜짝 할 사이에 조망대 위로 올라갔다.

푸푸도 긴팔 선원을 따라 조망대로 올랐다.

'나도 이참에 은빛물고기를 찾아야겠군!'

푸푸가 전망대 위로 올라가자 긴팔 선원은 안절부절못하고 있었다. 아마도 섬이 있는 쪽을 잘 모르기 때문인 것 같았다.

"야옹(뭘 하고 있지)?"

"귀찮게 굴지 마. 나는 지금 섬이 있는 방향을 봐야 하는데 그곳이 어딘지 모르겠어. 그러니 날 방해하지 말아."

"야옹(긴팔 선원! 그 말은 좀 이상한걸)."

"이봐, 상어밥. 물고긴 저기 식당에 가서 알아봐."

"야옹(응? 내가 물고기 찾으러 온 건 어떻게 알았지)?"

"맞아, 식당에서도 물고긴 찾기 어려울 거야."

"야옹(물론 은빛물고기들이 식당에 있을 리가 없잖아. 나는 매일 식당에서 산다고)."

"좋아, 그러면 여기 있어도 좋아. 여기서 내가 섬 찾는 것을 구경해. 하지만 그것이 어느 방향인지를 모르겠어. 너 혹시 알고 있니?"

"야옹(방향을 어떻게 알겠어. 그냥 여기저기 둘러보는 거야. 답답한 긴팔 선원 같으니라고)."

"그래, 네가 알 리가 없지. 안다고 해도 내게 말해줄 수가 없는 거야. 너는 언제나 '야옹 야옹'만 할 뿐이니까!"

"야옹(헤)."

"또 야옹이군. 이제 그만하자고. 난 섬이 있는 곳을 봐야 하니까!"

"야옹(정말 이해할 수가 없군)."

긴팔 선원은 한 쪽을 계속 지켜보다가 '이쪽이 아닐지도 몰라'하며 다시 방향을 바꾸었다. 푸푸도 은빛물고기를 찾겠다며 여기저기를 둘러보다가 바닥에 배를 깔고 누워선 떨어지는 햇빛과 불어오는 바람에 잠이 들고 말았다.

"섬이다, 섬이야."

긴팔 선원이 소리쳤다 .

"우와, 정말이야! 섬이다, 섬이야!"

모두들 섬이 있는 쪽으로 모여들었다. 그 섬엔 물고기 지느러미처럼 생긴 산이 있었고 온통 은빛이 감돌고 있었다.

"정말 굉장한 섬이야. 이런 섬은 본 적이 없는걸."

그때였다. 섬이 갑자기 물위로 솟구쳐 오르기 시작했다.

"이봐, 난 섬이 아니야. 난 그냥 은빛물고기라고."

그리고 그 은빛물고기가 돌아가려고 하자 푸푸가 다급하게 소리를 쳤다.

"은빛물고기라고? 가면 안 돼. 난 너를 잡아서 집으로 가야 해. 이봐!"

푸푸는 그 은빛물고기의 꼬리를 잡고 늘어졌다. 그리고……, 푸푸는 큰 소리에 놀라 잠에서 깼다. 그건 푸푸가 긴팔 선원의 다리를 물고 늘어져 긴팔 선원이 푸푸에게 소리를 쳤기 때문이다.

푸푸는 더 이상 조망대에 있지 못하고 내려왔다.

"갑판장님! 갑판장님! 저길 보라고요. 제가 드디어 섬이 있는 방향을 찾았어요."

"그래! 어딘가? 어디야?"

긴팔 선원이 가리키는 곳, 저 멀리 눈부신 햇빛 아래로 멋진 섬 하나가 모습을 드러냈다. 처음엔 그리 커 보이지 않았지만 배가 다가가자 달려오는 코끼리마냥 점점 커져갔다. 섬은 큰 산과 숲으로 이루어진 흔히 볼 수 있는 섬이었지만 바다와 맞닿은 모래사장은 예쁜 테를 두르고 있었고, 그냥 지나치던 여러 섬들과는 달리 뭔가 특별한 느낌이 들었다.

"갑판장! 배 띄울 준비를 하게. 그리고 짧은 여행을 해야 할지도 모르니 빠지지 않게 준비하라고."

"알겠습니다, 선장님! 지금 바로 준비하도록 하겠습니다. 이보게들, 배 띄울 준비를 해. 그리고 물을 찾아 이 섬을 여행할 테니까 물을 실어 나를 물통과 먹을 것들을 준비해. 그리고……."

털보는 이것저것 간섭하며 부산을 떨었다.

드디어 보조선이 띄워졌다. 푸푸는 선두에 자리를 잡고 제일 신나 있었다. 모선엔 먹구 선원, 미남 선원, 이빨 선원과 뚱뚱이 주방장만 남고 모두들 보조선으로 옮겨 탔다.

같이 가지 못하는 뚱뚱이 주방장은 못내 아쉬운 눈치였다. 배는 털보의 구령에 맞춰 곧장 섬으로 미끄러져 갔다. 배가 모래 위에 닿자 푸푸는 파도만 다녀갔을 깨끗한 모래 위로 폴짝 뛰어내려 작은 발자국을 만들었다. 그리곤 그 옆으로 털보의 깊고 큰 발자국이 새겨졌다.

"우와, 멋진 섬이군! 이런 섬이 있었다니 믿기지가 않아."

잠깐 동안 감탄에 젖어 있던 선원들은 다시 털보의 재촉으로 짐을 내리고 선장에게 모여들었다.

"선장님! 아무래도 저 숲으로 들어가는 것보다 해변을 돌면서 물이 흘러나오는 곳을 찾아야겠죠?"

"이봐, 갑판장! 그건 그렇지가 않아. 이런 섬에는 흘러내릴 만큼 물이 많지 않아. 그리고 저 숲으로 가야지 먹을 만한 열매도 찾을 수 있을 테고 말이야."

"하지만, 선장님! 우린 시간이 없는걸요. 이미 식량도 부족한 상황인데 빨리 육지에 닿지 않으면 위험하다고요. 저런 숲 속을 헤맬 시간이 없어요."

"그래. 그러면 자네와 내가 두 팀으로 나눠야겠어. 먼저 물을 찾는 팀이 불을 피워 신호를 보내기로 하지. 하지만 물을 찾지 못하더라도 해가 지기 전까지는 와야 하네. 꼭 명심해야 해."

"하하, 꼭 제가 먼저 물을 찾아 연기를 피우겠습니다."

"그러길 바라네. 자 그럼 팀을 나눠볼까."

물과 열매를 찾는 선장 팀과 물을 찾는 털보 팀이 나눠지고 혹시 모를 일을 위해 외다리 선원과 대머리 선원이 남아 자리를 지키기로 했다.

털보의 눈치에 못이긴 긴팔 선원과 털보의 손에 목이 조인 채 발버둥치는 푸푸가 한 팀이 되었다. 아무래도 해변이 덜 위험하니 해변 팀의 인원은 두 명이면 되겠다는 선장의 말에 털보가 그렇게 하기로 했다. 이렇게 긴팔 선원과 푸푸는 의지와 달리 털보를 따를 수밖에 없게 되었다. 그리고 나도 어쩔 수 없이 푸푸가 딸린 털보의 팀이 되었다. 나도 선장을 따라 숲으로 가고 싶었는데, 어쩔 수 없는 일이다.

"퀙퀙!"

털보는 선장 팀이 숲으로 들어가고 더 이상 보이지 않자 푸푸를 놔주었다.

"야옹(이 무식한 털보 같으니. 난 숲으로 가고 싶었단 말이야)."

"헤헤, 상어밥. 네가 저 숲으로 가서 뱀의 먹이가 된다면 난 상어낚시를 할 수 없게 돼. 그럴 수야 없지."

"야옹(어디 두고보라지)."

단단히 화가 난 푸푸는 털보의 발을 단숨에 물어버렸다.

"우엑, 아이쿠, 이 지저분한 고양이 같으니."

"야옹(우하하하, 털보 이게 끝이 아니야)."

푸푸가 저 멀리 도망을 가고 털보가 절룩절룩 뒤를 쫓았다.

이 섬은 숲이 차지하는 면적보다 해변의 모래사장과 자갈밭, 그리고 가끔 나타나는 바위들의 면적이 훨씬 넓어 보였다. 넓게 펼쳐진 모래들은 옥빛의 푸른 바다에 금방이라도 물들어버릴 것 같이 흰 빛을 띠고 있었다. 하지만 아무리 파도가 밀려와 그들을 덮쳐도 그들은 여전히 하얀 빛을 내고 있었다. 아마도 그들은 푸른 파도보다 눈부시게 부서지는 햇빛을 더 좋아하는 것 같았다. 그런 이유로 뜨겁게 달아오른 모래 때문에 푸푸는 견디기 힘든 걸음을 하고 있었고 털보와 긴팔 선원은 조금이라도 빛을 가려보려고 손으로 눈을 가리며 걸었다.

이따금 작은 게들이 빠른 걸음으로 총총총 그 뜨거운 모래사장을 지나 섬 안쪽 나무 그늘로 가서는 낯선 두 발 동물과 네 발 동물을 두 눈 바짝 올려 쳐다봤다. 푸푸는 게를 잡으려 아 갔지만 쪼르르 숲속으로 숨어버리자 아쉬운 표정으로 다시 돌아왔다. 몇 번을 그렇게 놓쳐버리고 포기를 했지만 게들

은 끊임없이 나타나 푸푸를 놀리며 저 숲속으로 사라졌다. 그
래도 푸푸는 그런 그들에 신경 쓰지 않았다. 사실 혀를 내밀
만큼 더위에 지쳐버렸기 때문이다. 그건 푸푸 뿐만이 아니었
다. 털보와 긴팔 선원의 걸음도 점점 느려지고 무뎌지자 푸푸
가 먼저 불만을 토로했다.

"야옹(이봐, 털보! 이건 정말 끝이 없는 것 같아)."

푸푸의 불만이 토로되자 기다렸다는 듯이 긴팔 선원이 털보에게 물었다.

"갑판장님, 물은 어디에 있죠?"

"이봐, 긴팔 선원. 물이 어디 있는지 모르니까 이렇게 찾고 있는 거잖아."

"야옹(털보, 난 배고파. 그리고 이 뜨거운 모래 때문에 발이 아프단 말이야)."

"갑판장님, 여긴 아무도 살지 않을까요?"

"그건 나도 모르겠어. 아무래도 이런 작은 섬은 사람이 살 만한 곳이 못 되지."

"야옹(털보, 나 물고기가 먹고 싶어. 이미 점심때가 지났어)."

"갑판장님, 선장님은 물을 찾을 수 있을까요?"

"그건 나도 모르는 일이야. 그리고 우린 같은 입장에 있어. 누가 물을 찾든 간에 빨리 찾아서 이 섬을 떠나야 해. 이제 그만 좀 묻게. 자네 질문은 도대체가 힘만 빠진다고. 그리고 이제는 배가 고파서 말할 힘도 없어."

푸푸의 귀가 쫑긋 서고 눈이 빛났다.

"야옹(그래 털보, 나는 이미 배가 고파서 죽었어. 하지만 물고기한 마리면 다시 살아날 수 있어. 털보 배고파)."

"우선 쉴 만한 곳을 찾아 좀 쉬었다 가자고. 점심도 먹어야겠어."

"예, 갑판장님. 그런데 어디서……?"

털보가 긴팔 선원의 말을 가로막았다.

"자네 또 '어디서 쉬어야 하죠?' 하고 물어보려고 했지?"

"……."

"자네 참! 상황을 좀 더 진지하게 생각해봐. 그건 자네가 매 순간 얼마나 성실하고 진지한가 하는 문제야……. 그만하지."

긴팔 선원은 고개를 숙이고 아무 말이 없었다.

"야옹(그건 털보도 마찬가지야)."

"저기가 좋겠군."

털보가 가리킨 곳은 큰 바위가 있는 뒤편의 그늘이었다. 그 바위는 아무리 뜨겁고 따가운 햇볕이라도 뚫을 수 없을 만큼 든든해 보였다. 바위 아래로 도착한 털보 일행은 모두들 털썩 주저앉아 더위를 식혔다. 섬의 능선은 시원하게 하늘로 올라가 저쪽 능선을 타고 넘어가고, 그 위로는 바다만큼 맑은 하늘이 높게 보였다.

일행은 말린 물고기와 이미 발효되어 시큼한 과일 주스를 마셨다. 푸푸는 이 발효된 과일 주스를 제일 좋아하는데 털보는 잘 주려고 하지 않았다. 털보의 팔에 매달려도 보고 재롱도 부려 봤지만 헛수고였다. 그 과일 주스는 털보 역시 제일 좋아하는 것이기 때문이었다. 남은 주스의 뚜껑을 닫아버린 털보는 '꺼억'하고 트림을 했다.

"야옹(이건 정말 불공평한 일이야. 무식한 털보 같으니. 난 선장을 따라 갔어야 했는데 말이야)."

하지만 이내 곧 불평해도 소용없다는 걸 안 푸푸는 반짝거리는 모래에 게슴츠레한 눈을 하고 엎드려 모래사장 저쪽을 응시했다. 아직 푸푸 일당을 만나지 못한 게들이 여기저기 왔다갔다하며 부산을 떨고 있었고, 조용한 바다에선 작은 파도가 게들을 쫓아 모래 위를 넘나들었다.

몇몇 게들은 밀려오는 파도에 숨었다가 파도가 밀려나자 다시 모습을 드러냈다. 그리고 빠른 걸음으로 모래사장을 지나 숲 쪽으로 달려갔는데 숲 입구까지 가는 동안 꼭 한번쯤 멈춰서 주위를 살폈다. 입구까지 다가선 게들은 안심한 듯 천천히 걸어서 풀숲으로 들어갔다. 몇몇 작은 게들은 무리를 지어 먼저 간 게의 발자국을 따라, 역시나 먼저 간 게가 그런 것과 같이 풀숲으로 사라졌다.

이러한 행렬이 끊어진 건 네 발 달린 털복숭이가 나타났기 때문이다. 우왕좌왕하던 게들은 푸푸를 피해 바다로 또는 풀

숲으로 달아났다. 바다로 달아나는 게들을 쫓아간 푸푸는 때마침 밀려오는 파도에 부딪쳐 짠 바닷물을 마시고 말았다.

콜록콜록거리는 푸푸의 인상이 일그러졌다. 정신을 차린 푸푸는 숲으로 달아난 게들을 쫓아 풀숲을 향했다. 잠시 뒤를 돌아 털보와 긴팔 선원을 보자 그들은 이미 불어오는 바닷바람에 취해 잠들어 있었다. 푸푸는 게들이 지나갔을 길을 따라 가봤지만 도무지 어디로 갔는지 알 수가 없었다. 그러나 곧 억새풀 사이 붉은 진흙 뻘 위에 그들이 지나갔을 작은 발자국이 수없이 찍혀 있는 것이 보였다. 이 길은 모래사장에서 열 폭 정도 떨어진 곳에서 시작하여 반대쪽 녹나무들이 자라는 숲으로 향해 있는데, 어디서 물이 스며 나왔는지 촉촉하게 젖어 있었다.

푸푸는 그 길을 따라 걸었다. 작은 발자국은 푸푸의 발자국에 묻히고 살아남은 발자국들은 푸푸의 발자국 옆으로 점점이 박혀 있었다. 길은 숲이 우거진 쪽으로 계속 이어졌다. 푸푸는 그만 돌아갈까도 생각했지만 호기심이 놔주질 않았다.

그때였다. 사라진 게들이 갑자기 우루루 쏟아져 나왔다. 깜짝 놀란 푸푸는 무리지어 오는 게들을 피해 정신없이 도망을 쳤다. 게들의 행렬은 백사장까지 도망온 푸푸를 지나 바다 속으로 들어갔다. 그리고 숲 쪽에서 그들을 몰고 왔을 시커멓고

커다란 괴물들이 나타났다. 그들은 게를 물어죽이든가 아니면 우적우적 먹어대고 있었다. 드디어 모든 게들이 바다 속으로 들어가 버리자 곧 그들은 푸푸를 알아봤다. 푸푸는 그들의 행동을 지켜보면서 아무 말도 못하고 있다가 그들과 눈이 마주쳤다.

"이봐, 난 맛이 없어. 난 이 못난 털밖에 없는걸."

"……."

그들도 뜻밖에 나타난 털북숭이 동물에 다소 놀라했다.

"넌 누구야?"

다섯 중에서 제일 큰 괴물이 말을 했다. 아마도 대장 괴물쯤 되어 보였다.

"난 물고기를 찾아 여행 중이지만, 여긴 물을 찾아 왔다구."

"물?"

"우린 배로 여행 중인데 마실 물이 바닥났거든."

"아빠! 배가 뭐야?"

그들은 가족인 것 같았다. 새끼로 보이는 세 마리 괴물 중 한 괴물이 물었다(그들 중 제일 작은 괴물은 아직도 게 한 마리를 물어뜯고 있었다). 아빠라고 불린 덩치 큰 괴물은 그 작은 괴물을 한번 내려 보고는 다시 푸푸를 향했다. 그리곤 푸푸에게 물었다.

"배가 뭐지?"

"배는 바다 위를 떠다니며 여행을 하는 아주 큰 물체야."

"……."

고개를 갸웃거리던 큰 괴물이 다시 물었다.

"물을 뿜는 바다동물 같은 건가?"

"……."

이제는 푸푸가 고개를 갸웃거렸다.

"배는 저기 보이는 나무들로 만들어졌는데 물고기도 실어 나르고 또 아주 큰 상자들을 잔뜩 실어 나르기도 해. 그리고 사람들도 그곳에 타지."

"그럼 그건 어디 있지?"

"저기."

푸푸는 걸어온 섬 저쪽을 가리켰다. 하지만 그들의 시선은 그곳에 가기도 전에 바위 뒤에 보이는 털보와 긴팔 선원에게서 멈춰서고 말았다.

"아빠, 저건 뭐야?"

그 호기심 많은 새끼 괴물이 또 먼저 물어왔다.

아직 잠들어 있는 그들은 바위 너머로 머리카락만 날리고 있었다.

"저것들은 뭐지?"

"저들은 사람이야."

"사람?"

아빠 괴물은 또 다시 잘 모르겠다는 표정을 지었다.

"넌 사람을 모르니?"

가족 모두가 똑같이 모르겠다는 표정을 지어보였다.

처음 그들이 나타났을 땐 무섭고 놀라서 사나운 괴물 떼처럼 보였지만, 점점 눈에 익숙해지자 그들이 돼지 가족이라는 것을 알 수 있었다. 새끼 돼지들은 모두 앞에서 뒤로 이어지는 줄무늬가 있는 반면, 아빠와 엄마로 보이는 덩치 큰 두 돼지는 온통 검은색이었다. 눈, 코, 입도 모두 검은색이어서 잘 드러나지는 않지만 자세히 보면 모두들 귀엽게 생겼다는 생각이 들었을 것이다. 우적우적 게를 씹어 먹는 모습을 보지 못했다면 말이다.

또한 그들은 모두 날렵한 몸매를 가졌기에 별명으로 부르는 돼지하고는 잘 어울리지 않았다. 여하튼 푸푸는 별로 특이할 것도 없이 이미 익숙해진 사람들을 어떻게 설명해야 할지 머뭇거렸다.

"사람은 우리처럼 다리가 네 개 있지는 않아. 그들은 두 개밖에 없어. 그 대신에 팔이 있어."

"팔?"

"그래, 우리의 앞발과도 같지만 그들은 그 팔로 걷거나 뛰는 데는 사용하지 않아."

"그러면 뭘 하지?"

"음……, 낚시를 해."

"낚시?"

"응, 그건 물고기를 잡는 거야."

"하지만 우리도 앞발로 게를 잡는걸."

"그렇군. 그리고 그들은 그 팔로 요리를 해."

"요리?"

"응. 그들은 잡은 물고기로 수프를 만들거나 또 맛있는 빵을 만들어."

"……."

잠시 침묵이 흐르다가 아빠 돼지가 다시 물었다.

"또 뭘 하지?"

푸푸는 잠시 생각을 하다가 다시 대답했다.

"그들은 또 청소를 하고, 닻을 올리거나 내리고, 배의 방향을 잡고, 물통을 옮기고, 책장을 넘기고, 칼질을 하고……, 여러 가지 일들을 해. 그리고 날 괴롭히기도 하지."

모두들 대답이 없다가 엄마로 보이는 돼지가 드디어 입을 열었다.

"왜, 그들은 그런 일을 하지?"

엄마 돼지의 갑작스런 질문이 푸푸의 입을 막고 말았다. 한참 후에야 푸푸는 떠듬떠듬 대답을 했다.

"음, 그건 항해를 해야 하기 때문이야."

"항해?"

아빠 돼지가 물었다.

"응, 항해는 배를 타고 바다를 떠도는 거야."

"사람들이란 이해하기가 어렵군."

아빠 돼지가 포기하듯 말했다.

"그건 나도 마찬가지지만 모두가 그런 건 아니야."

푸푸가 말했다.

"그런데 넌 왜 사람들이랑 같이 살지?"

엄마 돼지가 물었다. 엄마 돼지의 질문은 어렵다.

"나?"

푸푸는 또다시 머뭇거렸다.

"난 은빛물고기를 잡아야 하거든. 그래서 그 배가 필요한 것뿐이라고."

"은빛물고기?"

"응, 넌 은빛물고기에 대해서 아는 게 있니?"

"은빛물고기란 말은 처음 듣는군."

"......."

"그런데 넌 그 물고기가 왜 필요하지?"

"난 복수를 해야 하거든. 치푸 녀석에게 말이야. 그 녀석
은......."

푸푸는 말을 잇다가 머뭇머뭇 말을 끊었다. 아마도 '돼지 같
다'는 말을 하려고 했던 모양이다.

"그리고 그건 또 우리 할망을 위해서야."

"저 사람들도 그 물고기를 잡으러 가는 거니?"

"아니, 저들은 그냥 여행을 하거나 물건을 실어 나르는 일
을 해."

"여보, 그만 가. 사람은 우리가 이해하기 어려운 것 같아."

"여행이 뭐지?"

엄마 돼지는 아빠 돼지의 만류에도 질문을 이어갔다.

"여행?"

이번에도 선뜻 대답하기 어려운 질문이다.

"그건 나도 잘 모르겠어. 하지만 한자리에 머물지 않고 계
속 어딘가로 가는 것만은 확실해."

"그럼 너도 여행을 하는 거니?"

엄마 돼지가 물었다. 그 사이 아기 돼지들은 푸푸에게서 흥
미를 잃고 셋이서 장난을 치고 있었다.

"여행!"

푸푸는 자기가 여행을 하고 있다는 생각을 해본 적이 없지만 자신의 해석대로라면 스스로도 여행을 하고 있는 거였다. 그는 아마도 털보나 외다리 선원을 염두에 두고 말을 했던 터라 자신이 그들과 같은 부류에 속하게 될지는 생각을 못했다. 푸푸는 그걸 인정하기는 싫은 것 같았다.

"하지만 난 은빛물고기를 잡으러 가는 것이지 여행을 하고 있지는 않는걸. 그러니 여행이란 한자리에 머물지 않고 계속 움직이더라도 나처럼 물고기를 잡아야 하는 것 같은 목적이 있다면 그건 여행이 아니야."

"그러면 사람들은 목적도 없이 떠돌아다닌단 말이니? 왜 그런 일을 하지?"

푸푸는 갈수록 어려워졌다. 털보와 외다리 선원의 이야기를 들었을 때는 분명히 뭔가 목적이 있는 것처럼 들렸는데 지금 이야기의 결론으로는 그들이 아무런 목적도 없이 떠돌아다니기만 한다는 것이다. 푸푸는 그들을 위한 뭔가 변명이 필요했다.

"음, 그건 행복 때문이야. 맞아, 그들은 행복을 찾아서 여행을 하는 거지."

그가 찾아낸 변명은 너무 근사하긴 했지만 더욱 더 수습하기 어려운 문제를 만들어가는 것 같았다.

"행복!"

"어! 그래, 행복 말이야."

하지만 푸푸의 대답엔 자신이 없었다.

"사람들은 정말로 이해하기 어렵군."

엄마 돼지도 사람들에 포기하는 눈치를 보이자 아빠 돼지가 맞장구를 쳐가며 그녀를 응원했다. 하지만 그녀의 질문은 계속 되었다.

"이봐, 그러면 행복은 뭐지? 네가 찾는 물고기를 말하는 거니?"

"아니, 물고기는 아니야. 그건……."

드디어 푸푸는 더 이상 설명을 할 수 없는 지경이 되었다.

"그건 나도 잘 모르겠어. 행복 말이야. 새삼스럽지만 네 말대로 사람을 이해하기란 어렵군. 그들에게서 몇 번 들어보기는 했지만, 나도 잘 이해가 가지 않았어. 그러니 나도 뭔가 뚜렷한 답을 할 수는 없는 것 같아. 외다리 선원이 있다면 내가 물어 볼 수 있는데 그는 이곳에 오지 않았거든."

그들 사이에서 침묵이 흘렀다. 행복이 그들의 대화를 끊어버린 것이다. 아빠 돼지가 그냥 가자며 다시 그녀를 재촉했다.

"아직 네 이름을 물어보지 않았군."

"난 푸푸라고 해."

"물을 찾는다고 했지?"

"그래. 넌 알고 있니?"

"그건 네가 말한 배가 있다는 곳에 있어. 저쪽 숲 끝에 말이야. 그곳은 작은 샘물들이 모이는 곳이야."

그곳은 푸푸 일행이 출발한 곳이다. 좀 더 정확히 말하면 선장일행이 들어선 숲 입구였다.

"그럼 우린 그만 가봐야겠어."

"잘 가."

그들이 돌아서자 정신없이 장난치던 아기 돼지들이 엉덩이를 뒤로한 채 그들 사이를 파고들었다. 그리고 그들의 장난은 계속 되었다. 푸푸는 한참을 바라다 봤다. 그들이 숲속으로 들어가고 난 후에도 한참 동안이나……

털보는 이렇게 중요한 임무 중에 왜 자기가 잠들었는지 모르겠다며 투덜거렸다.

푸푸는 아무런 말없이 털보 뒤를 따랐다.

"이봐, 상어밥! 이런 때엔 왜 날 깨우지 않지?"

푸푸는 아무런 대꾸도 반응도 하지 않았다. 털보는 고개를 돌려 푸푸를 힐끔 보고는 말을 이었다.

"왜 그렇게 풀이 죽었지?"

푸푸는 그저 고개만 떨군 채 아무런 반응도 하지 않았다. 털보도 더 이상 푸푸를 귀찮게 하지 않았다. 한참이나 조용한 걸음이 이어지다가 푸푸에게서 불평이 쏟아져 나왔다.

"야옹(뜨거워)."

"야옹(뜨겁단 말이야)!"

푸푸는 네 발을 과장스럽게 들어가며 털보의 뒤를 따랐다.

모래밭이 끝나고 자갈밭이 나왔다. 그리고 그 자갈밭을 지나자 이젠 바위들이 나타났다. 점심을 먹은 곳에 있던 크기의 바위 수십 개가 앞을 가로막듯이 줄을 서 있었다. 그 바위들은 누군가가 모래사장 위에 균일하게 줄을 맞춰 세워놓은 듯이 무척 신기해 보였다. 더구나 바위들의 아랫부분은 파도에 깎여 패어 있는 모습이 측백나무 숲을 연상케 했다.

어쨌든 앞을 가로막은 바위들은 막막하기 그지없었다. 이제는 푸푸를 뺀 모두가 힘이 빠졌다. 숲에서 시원한 물줄기가 흘러나오리란 털보의 상상은 이제 바윗덩이에 막혀 더 이상의 기대가 꺾여버렸다. 이 바위 뒤에 호수가 펼쳐졌다한들 이 바위숲을 지나가기에는 무리인 것처럼 보였다.

"야옹(푸하하하. 이봐! 털보, 더 이상 물을 찾는 건 포기해야겠는걸. 하지만 걱정 마. 선장이 이미 물을 찾아놓곤 우릴 기다릴 테니까! 우린 빨리 돌아가는 게 급선무야).”

긴팔 선원은 털보에게 야단맞은 후로 아무런 말이 없었다. 하지만 그의 눈빛을 보면 그가 말하지 않아도 충분히 그의 마음을 알 수 있다.

‘이젠 어떡해야 하죠?’ 하는 눈빛이다. 이 질문을 털보에게 했다면 아마도 그가 한 질문 중에 가장 적절한 때에 가장 적절한 질문이 됐을 것이다. 그러나 그는 아무 말도 하지 않았는데 그건 다행한 일이었다. 어쨌든 그 질문은 털보의 화만 돋울 것이 분명하기 때문이다. 털보는 한참 동안 그 바위들을 바라봤다.

“정말 어처구니없는 일이군. 바위라니 말도 안 되는 일이야.”

“갑판장님, 이젠 어떡하죠?”

결국 긴팔 선원의 질문이 나왔다.

“어떡하긴, 저길 보라고. 저 바위들 사이엔 틈이 있어 우리가 지나기엔 충분해. 저 바위들을 지나면 분명히 물이 있을 거야.”

“야옹(털보! 그런 억척같은 소린 하지 마. 분명히 여기 사는 돼지들이 저기 우리가 출발한 선장이 있는 곳에 물이 있다고 했단 말이야. 그런 똥고집은 부리지 마).”

하지만 털보의 각오는 대단했다. 언제나 그렇듯이 푸푸의 불평은 아무런 소용이 없었다. 이미 털보와 긴팔 선원은 바위를 향해 걸어가고 있었다.

"야옹(털보오)."

한참을 망설이던 푸푸도 털보의 뒤를 따랐다. 저기 보이는
바위틈들도 곧 막혀 돌아설 수밖에 없으리라 생각하고…….

멀리서 보는 것과는 달리 바위들의 틈은 꽤 넓었다. 털보와
긴팔 선원이 같이 지나가도 아무런 장애가 되지 않았다. 하지
만 바위의 키가 높아 머리 위 하늘만 보일 뿐이었다. 바닥의
모래위로는 파도가 드나들며 그들의 발을 적셨다.

그것이 문제였다. 멀리 뒤따르던 푸푸가 그들의 발자국을
잃어버리고 만 것이다. 푸푸가 밀려오는 파도를 피해 잠깐 도
망을 간 사이 파도는 그들의 발자국을 지웠고 바위는 그들의
모습을 숨겨 버린 것이다.

"털보오."

털보는 대답이 없었다. 푸푸는 파도를 피해 그들이 지나간
바위 반대편으로 들어가 그들을 찾았다. 하지만 바위에 가려
아무것도 볼 수가 없었다. 그들도 그들의 발자국처럼 사라져
버린 것이다.

푸푸는 다시 바위 하나를 지났다. 그래도 그들은 보이지 않
았다. 그들뿐만 아니라 힐끗 보이던 바다도 보이지 않았다. 아

니, 바다 쪽은 아예 가로막혀 작은 푸푸 하나 지나갈 틈도 내
주지 않았다. 푸푸는 당황스러웠다. 돌아가면 그들과 더 멀어
질 것 같고, 반대 방향인 섬 안쪽으로 가자니 영영 돌아올 수
없을 것 같아 보였다.

그때였다. 저 멀리서 푸푸를 부르는 털보의 목소리가 들려
왔다. 푸푸는 그의 목소리가 너무도 반가워 털보를 불렀다.

"털보오……."

"털보오……."

털보의 목소리는 바위 저 뒤편에서 들려왔는데 그들을 찾
아 밑이 깎인 이 높은 바위를 넘을 수가 없었다.

"털보 거기서 잠깐만 기다려. 내가 그쪽으로 갈 테니."

푸푸는 산 쪽을 향하고 있는 바위틈을 지나면 이 막힌 바위
를 지나 그들을 만날 수 있을 것이라고 생각했다. 털보의 목소
리가 바위 뒤에서 들리고 있으니 말이다.

하지만 그 돌 틈은 다시 새로운 바위 장벽을 이루고 있었
다. 비슷하게 생긴 바위들은 푸푸를 혼란스럽게 했다. 이제는
그 털보의 목소리도 멀어져 들렸다.

"털보……."

하는 수 없이 푸푸는 길을 다시 돌아왔다.

푸푸가 돌아온 입구에는 바닷물이 더 깊이 들어와 있었다.

털보가 들어간 바위틈은 이제 푸푸의 키만큼 깊어져 있었다.

푸푸는 한참을 기다려봤지만 털보는 돌아오지 않았다.

"멍청한 털보 같으니라고."

푸푸는 투덜거리며 돌아온 바위 사이로 다시 들어갔다.

물은 이미 이곳까지 찰랑거리고 있었다. 푸푸는 어딘가 길이 통하는 곳이 있으리라 생각하고 바위들 사이를 두리번거렸다.

아주 작은 바위틈이 있는가 하면 큰 바위틈이 있기도 했다. 고운 모래들로 길이 나있는 곳도 있고 바닥 위로 올라온 돌들이 파도에 깎여 길이 난 곳도 있었다. 바위들은 어두운 검은색을 띠고 있었으나, 아래 부분은 조개나 굴들로 덮여 얼룩덜룩한 회색을 하고 있었다. 굴은 푸푸를 삼킬 만큼 큰 입을 가진 것도 있었다. 그런 굴들이 덕지덕지 붙은 어떤 바위는 큰 도토리처럼 보이기도 했다.

푸푸가 고운 모래가 있는 곳을 지나자 푸푸의 발자국도 푸푸를 따라 모래 위를 지나갔다. 이곳을 털보가 지난다면 푸푸를 찾을지도 모르겠다는 생각이 들었다. 푸푸가 굴이 붙은 좁은 바위틈을 지나자 그의 못난 털이 굴 껍데기에 걸려 푸푸를 성가시게 했다.

"이런 못된 굴딱지 같으니."

바위들은 작은 공간과 큰 공간을 사이에 두고 변함없이 빼

빽하게 서 있었다. 푸푸가 더 깊이 들어가자 꽤 넓은 모래밭이 나왔다. 하지만 그 모래밭은 바닷물이 다녀간 것처럼 깨끗하지 않았다. 그곳엔 수많은 발자국들로 어지럽혀 있었다.

푸푸는 반가운 마음에 얼른 발자국이 있는 곳으로 달려갔다. 하지만 그 발자국은 털보와 같은 사람의 발자국이 아니었다. 그 발자국은 푸푸의 몸이 반이나 빠질 정도로 넓고 깊었다. 순간, 푸푸의 못난 털이 갈퀴처럼 일어났다. 난 일순간 푸푸의 털도 푸푸의 일부라는 것을 보고 신기해했지만 나에게도 털이 있는 것처럼 온몸에 전율이 일어나 등에 난 털을 밀어 올려 세우는 것처럼 느껴졌다.

발자국은 너무도 컸다. 푸푸는 한참을 두리번거렸다. 그리고 슬금슬금 기어 나와 지나온 바위 뒤로 달려가 고개만 살짝 내놓았다.

도대체 저건 무엇의 발자국이지?

나도 무서우면서도 발자국에 많은 호기심이 생겼다.

푸푸의 뭉글뭉글한 회색털이 바위에 붙은 굴딱지처럼 보였다. 멀리 파도소리와 햇볕만이 어질러진 모래사장 위를 지나고 있었다. 저 정도의 발자국 주인이라면 크기가 이 바위들만큼은 되지 않을까? 나는 어떤 동물의 발자국인지 무척 궁금했다.

참! 털보와 긴팔 선원은 괜찮을까?

아무것도 보이지 않자 푸푸는 다시 바위에서 슬금슬금 나와 그 발자국들이 널린 모래위로 갔다. 그리고는 다시 발자국들을 살폈다. 그 발자국들은 크기만 클 뿐 모두 똑같이 생겼다. 크기도 모양도.

푸푸는 몇 번 주변을 둘러보며 여기저기를 살폈지만, 역시 발자국의 주인은 보이지 않았다. 여기 둘러선 바위들이 놀았던 흔적일까? 하지만 이들에겐 발이 없다. 그냥 바위일 뿐.

모래사장은 둥근 운동장처럼 생겼는데 그 중간으로 바닷물 길이 있고 건너편은 이곳을 포개놓은 것 같은 똑같은 모양을 하고 있었다. 그 큰 발자국도 이쪽에서 저쪽으로 이어져 있었는데 아마도 그 주인은 이곳과 저곳을 오가는 것 같았다. 모래 계곡에선 바닷물이 점점 차올라오고 있었는데 깊이는 여기 서 있는 바위의 키보다는 낮아 보였고 폭은 바위의 두 키만큼은 되어 보였다. 물길은 저쪽 산 밑에서 시작해 저 바다로 이어져 있었다. 어찌 보면 산에서 흘러나오는 물처럼 보이는 것 같아도 이 작은 강은 분명 바닷물이 틀림없었다.

그리고 아주 이상한 것은 산으로 이어지는 모래사장 가장 자리 바위 사이에 큰 굴 껍데기들이 더미를 이루고 있는데 누군가 굴을 따먹고 쌓아둔 것이 틀림없었다.

푸푸는 이제 발자국에 흥미를 잃었는지 털보를 찾아 나섰다. 어차피 이 강처럼 생긴 모래계곡은 넘지 못했을 것이다.
푸푸는 바다 쪽으로 향했다. 바위는 여전히 푸푸에게 좋은 길
을 내주지 않았다. 조금 내려가자 다시 굴딱지가 붙은 바위들
이 나오기 시작했다. 바위에 붙은 굴들은 모두가 반쪽이 떨어
져 나간 채 반질반질한 속껍데기가 보였다. 떨어진 반쪽은 아
마도 그 굴 껍데기 더미에 있을 것이다. 이렇게 큰 굴을 따 먹
을 정도면 그 모래사장의 발자국 주인인 것이 분명했다.

그때였다. 아주 멀리서 털보의 목소리가 들려왔다. 이전에
배위에서 새치 떼를 발견했을 때처럼 아주 흥분한 목소리였다.

푸푸는 그쪽을 향해 쏜살같이 달려갔다. 하지만 털보의 목
소리는 점점 멀어지더니 또다시 바람처럼 사라졌다. 도대체
이 바위들 사이로 전해지는 소리는 방향을 알 수가 없었다. 바
람은 파도소리와 더불어 털보의 목소리를 싣고 와 바위 여기
저기를 부딪치면서 그 방향을 알 수 없게 만들었다. 바위들이
푸푸와 술래잡기 놀이를 하고 있는 것처럼 보였다.

"이봐, 넌 누구지? 내 알들을 탐낸다면 난 목숨을 다해 너
와 싸우겠어."

"······!"

푸푸는 깜짝 놀라 소리가 나는 곳을 돌아봤다.

그러나 그곳에는 아무것도 없었다. 하지만 곧 그를 노려보

는 매서운 눈을 발견했다. 그는 거북이였다. 얼룩덜룩한 바위 앞에 서 있는 그는 바위와 구분이 쉽지 않았다.

"넌 누구지?"

푸푸가 물었다.

"이봐, 날 속이려 하지 마!"

"뭘 속인다는 거야. 난 그냥 털보를 찾고 있는 중이라고."

"……털보가 뭐지?"

"털보는 사람인데, 털이 많아."

"사람? 여긴 사람이 살지 않는 곳이야."

"넌 사람을 아니?"

"난 아주 많은 사람을 알아."

"이 섬에 많은 사람이 산단 말이니?"

"물론 여긴 사람이 살지 않아. 하지만 난 아주 먼 곳을 다니기 때문에 많은 사람들을 봐. 그들을 피해 다니는 게 얼마나 힘든 줄 아니? 그런데 넌 고양이처럼 보이는데 이 섬에서 고양이를 보게 될 줄은 몰랐는걸."

"난 이 섬에 살지 않아. 난 저 멀리 있는 언덕 위 큰 나무위에서 왔어."

"넌 헤엄도 못 치는데 어떻게 바다를 건너왔지?"

"아주 큰 배를 타고 왔거든. 저기서."

푸푸가 바다 저쪽을 가리키며 말했다.

"그럼, 그 배에 사람들도 잔뜩 타고 왔겠네."

"그래, 그래서 말인데 넌 털보를 본 적 없니?"

"아니, 아직 이 섬에서 사람을 본 적은 없어."

"이놈의 털보 도대체 어디로 간 거지?"

"그런데 이 섬엔 왜 왔지?"

"우린 물을 찾으러 왔어. 털보와 긴팔 선원이 같이 왔는데 이 이상한 돌 숲에서 그들을 잃어버렸어."

"이상한 돌 숲? 그래, 맞아. 여긴 이상한 돌 숲이야. 여긴 움직이는 바위도 살지. 너도 조심해야 할 거야."

"움직이는 바위?"

"그래, 움직이는 바위. 참! 넌 내 알들을 노렸다간 용서하지 않을 거야."

"알?"

"응, 난 지금 산란할 곳을 찾고 있는 중이야. 더 이상 날 방해하지 않았으면 좋겠어."

"산란이라고? 산란이 뭐지?"

"이봐, 난 널 알지도 못하는데 왜 자꾸 질문을 하지?"

"하지만 난 널 알지 못하기 때문에 질문을 하는 거라고."

"넌 참 이상한 고양이구나. 이름이 뭐니?"

"내 이름은 푸푸야."

"그럼 살던 곳은 어디야?"

"내가 살던 곳은 커다란 나무가 있고 바닷가에는 아주 많은 배들이 있어. 난 할망이랑 같이 살았는데 은빛물고기를 잡으러 여기까지 온 거야."

"은빛물고기?"

"그래 은빛물고기, 참! 넌 떼를 지어 다니는 은빛물고기를 본 적 없니?"

푸푸의 눈이 반짝였다.

"은빛물고기를 본 적은 많아. 하지만 그들은 그렇게 떼를 지어 다니지는 않아. 바위틈에 숨어 살거나, 해초 사이를 헤엄쳐 다니지."

거북이는 전에 만난 갈매기와 같은 말을 했다.

"이봐, 푸푸! 이젠 그만 방해해. 난 아주 먼 곳에서 며칠 밤낮을 헤엄쳐 왔어. 난 아주 중요한 일을 해야 해. 다른 친구들이 오기 전에 우리 아기들을 위한 좋은 자리를 마련해야 한다고. 그들이 도착하면 좋은 자리를 빼앗길지도 몰라. 잘못하다간 움직이는 바위에 밟혀서 우리 아기들이 모두 죽어버릴지도 모른단 말이야. 난 지금도 그때를 생각하면 슬퍼서 죽을 것만 같아. 난 움직이는 바위가 오지 못하는 곳을 찾아야 해. 아마도 여기가 제격인 것 같은데 널 만나다니 여기도 안전하지는 않은 것 같네."

"움직이는 바위는 뭐지?"

"푸푸, 난 더 이상 너랑 이러고 있을 시간이 없어. 넌 아직 움직이는 바위를 못 봐서 그렇지, 그 움직이는 바위를 본다면 여기서 이러고 있지는 않을 거야. 살고 싶으면 빨리 도망가는 게 좋아."

"그럼 여기 이 바위들 중에 움직이는 바위가 있단 말이야?"

"그래."

"하지만 이들은 이렇게 딱딱하게 꼼짝 않고 서 있는걸."

"움직이는 바위는 이들처럼 삐죽하지 않아. 둥글게 생겼어. 그의 발은 네 몸통만 해서 그에게 밟히면 넌 아마도 땅 깊숙이 들어가 살아나오지 못할걸."

거북이가 말하는 움직이는 바위는 그 모래사장 위 정체불명의 발자국 주인인 것 같았다. 하지만 바위가 움직인다니 도대체 믿을 수가 없었다.

"그 움직이는 바위는 보지 못했지만 난 그의 발자국을 봤어. 엄청 큰 발자국이었어. 그게 움직이는 바위의 발자국이라니! 믿을 수가 없는걸. 그럼 바위에 다리가 달렸단 말이야?"

"그래, 너도 그 발에 밟히지 않길 바래. 그의 발에 밟혀 부화도 못하고 죽어간 우리 알들이 얼마나 많은지 몰라. 그건 너무 잔혹한 일이야. 그런데 도대체 언제까지 날 방해할 거지? 이제 날 내버려뒀으면 좋겠어."

거북이는 푸푸에게서 고개를 돌려 저쪽으로 돌아섰다.

푸푸는 갑자기 나타난 거북이의 말에 혼란스러운 것 같았다.

그 의문스러운 큰 발자국의 주인공은 밝혀졌지만 그 주인이 움직이는 바위라니?

나 역시 그 움직이는 바위가 무척 궁금해졌다. 하지만 알 낳을 자리를 찾고 있는 거북이를 이렇게 뜻밖에 만나게 되다니……. 이상한 욕심이지만 부화한 거북이 새끼들도 무척 보고 싶은 생각이 들었다.

푸푸가 다시 거북이를 막아섰다. 한참이 지난 것 같았지만 거북이는 아직 푸푸의 눈을 벗어나지 못하고 있었다.

"거북아! 난 꼭 은빛물고기 떼를 찾아야해. 넌 많은 곳을 돌아 다녔으니까 보진 못했어도 들어 본 적은 없니?"

"푸푸! 은빛물고기 떼는 네게 처음 들어봐. 그래! 사실 그러고 보니 무리를 지어 다니는 은빛물고기를 보기도 한 것 같아. 하지만 그 물고기가 정말 은색이었는지는 확실하지 않아. 네가 찾고 있는 은빛물고기는 어떤 물고기들이지?"

푸푸는 갑자기 신이 났다.

"응! 그 은빛물고기들은 아주 밝은 은빛을 내며 바다 위를 솟아올라다가 다시 물속을 헤엄치는데 큰 파도가 거품을 일으키며 몰려오는 것처럼 느껴져."

"그런 이야긴 처음 듣는걸. 내가 본 물고기들이 은빛을 낸다 하더라도 네가 말한 것처럼 그렇게 빛나지도, 바다 위를 솟구쳐 올라 헤엄치지도 않아. 그냥 물속을 우루루 몰려다닐 뿐이라고. 큰 물고기들을 피해 도망가기 바쁜 물고기들이야."

푸푸는 풀이 죽었다. 거북이도 푸푸의 은빛물고기에 대해서는 아는 게 없는 것 같았다.

"뭐든 찾는 게 있으면 높은 곳으로 올라가봐. 나도 가끔 길을 잃었을 땐 바다 위에 고개를 내밀어 방향을 찾곤 해. 참! 저쪽으로 가면 네가 오를 만한 바위가 있을 거야. 그곳에선 은빛물고기는 몰라도 네가 찾고 있는 사람은 찾을 수 있을 거야. 그러고 보니 넌 참 찾고 있는 게 많구나."

푸푸는 잊고 있던 털보가 생각났는지 거북이에게 인사를 했다.

"고마워, 거북아. 넌 참 많은 걸 알고 있구나. 너도 좋은 자리를 찾길 바래."

푸푸가 거북이에게서 돌아섰을 때 이제는 거북이가 푸푸를 불러 세웠다.

"푸푸! 여기 굴딱지들 보이지?"

거북이는 반쪽이 떨어져나가 속껍질이 보이는 굴을 가리키며 말했다.

"혹시 움직이는 바위를 만난다면 아직 성한 굴딱지들이 붙어 있는 바위틈으로 숨어. 그곳은 움직이는 바위가 갈 수 없는 곳이야. 바위에 붙은 굴들이 아직 성하다는 건 움직이는 바위가 그곳엔 들어가지 못한다는 거야. 물론 그곳은 내가 찾고 있는 곳이기도 해. 그리고 이건 노파심에 말하는 건데 여기 붙어 있는 굴은 먹지 마. 그러다가 너도 움직이는 바위처럼 이 바위 숲에 갇혀 살아야 할지도 몰라."

그렇게 말을 하곤 거북이는 다시 돌아섰다.

"치이, 거북이는 궁금한 말만 하는군."

푸푸가 투덜거렸다.

거북이는 참 재미있고 흥미 있는 동물인 것 같았다. 그는 많은 곳을 여행 다니기 때문에 재미있는 일도 많을 것이다. 하지만 그를 따라간다 해도 난 물속을 헤엄칠 수도 없고 너무 느려 지루할 것도 같았다. 언젠가 푸푸를 떠나 다시 거북이를 만나게 된다면……, 어쩌면 한 번 더 생각해 볼지도 모르겠다.

푸푸도 거북이를 뒤로하고 그녀가 알려준 곳으로 갔다. 바위 하나가 쓰러져 옆에 있는 바위에 기대어 있고, 그 사이엔 굴들이 잔뜩 들어서 날카롭게 날을 세우고 있었다. 작은 게 몇 마리가 푸푸를 보고는 얼른 바위 밑으로 숨어들었다.

푸푸가 바위 위에 올랐다. 그러자 수많은 바위들이 푸푸를 향해 군무를 하듯 서 있었다. 그들 사이로 띄엄띄엄 모래바닥이 보이기도 했지만, 둘러둘러 삐죽한 바위들 꼭대기만 보일 뿐이었다. 뒤에는 넓게 펼쳐진 수평선이 보이고 바위를 지난 산 쪽으로는 녹색 수목들이 깊은 숲을 이루고 있었다. 여긴 정말 그림같이 아름다운 섬이었다. 작게 부서지는 파도소리만 없다면, 마치 그림 속에 들어와 있는 착각을 했을지도 몰랐다. 푸푸도 그랬을까? 그의 깊은 눈은 한참을 먼 바다로 향해 있었다.

"못된 은빛물고기 같으니."

갑작스런 푸푸의 불평에 난 깜짝 놀랐다. 나는 푸푸도 나처럼 이 아름다운 섬의 풍경에 감명을 받고 있는 줄만 알았다. 알 수 없는 은빛물고기들의 행방에 푸푸는 상심이 큰 것 같았다.

"털보~."

"털보~."

푸푸가 털보를 불렀다. 하지만 아무런 대답이 없다.

"멍청한 털보 같으니."

주위를 여러 번 둘러봤지만 털보는 역시 보이지 않았다.

그때였다.

순간, 푸푸가 지나온 저 산 아래 있던 모래사장에서 바위가 움직이는 것이 보였다. 그 바위는 다른 바위들과 다르게 꼭대기 부분이 둥그스름하면서도 밋밋했다. 바위는 아주 조금씩 흔들거렸는데, 어떻게 보면 움직이지 않는 것처럼 보이기도 하다가 가만히 보고 있으면 또 작은 흔들림이 보였다.

푸푸도 이걸 놓칠 리가 없었다. 그도 그 움직이는 바위를 뚫어지게 보고 있었다.

그리고 잠시, 긴가민가하던 움직이는 바위가 갑자기 사라져버렸다. 푸푸는 긴장이 됐는지 꼼짝도 하지 않았다. 등에선 못난 털이 일어났고 눈에선 광선이라도 나갈 듯 사라진 바위 쪽을 향해 있었다.

"도대체 저건 뭐지? 거북이가 말한 움직이는 바위인 건가?"

푸푸가 중얼거렸다.

이 미로와 같은 바위들 속으로 사라진 움직이는 바위는 어디로 간 거지?

그는 정말 움직이는 바위인 걸까?

그를 만나게 된다면 어떻게 해야 하지?

바위가 다시 나타났다.

그는 모래사장을 걷고 있었다. 둥글둥글하게 생긴 바위가! 정말로!

그가 모래사장을 지나 향한 곳은 가장자리에 쌓여 있는 굴 껍데기 더미였다. 움직이는 바위는 느릿느릿 그곳으로 가서 잠깐 머물고는 바다 쪽으로, 아니 우리 쪽으로 돌아섰다. 이런! 그 움직이는 바위에는 머리가 있었다. 눈과 귀, 코가 선명한 얼굴이 보였다. 얼핏 그는 여기 늘어선 바위처럼 보이긴 하지만 사실 그는 굉장히 큰, 알 수 없는 동물이었다.

그 큰 덩치의 동물이 또 사라졌다. 그가 움직이지 않고 가만히 있다면 다른 바위들과 구분도 가지 않을 텐데, 바위 사이로 숨어버렸으니 이제는 이 모든 바위가 그 움직이는 바위괴물처럼 보였다.

"털보~."

"털보~."

푸푸가 다시 털보를 불렀다. 도대체 어디로 사라졌지? 그는 대답도 흔적도 없었다. 마치 원래부터 없었던 것처럼 그의 존재조차 까마득해지고 말았다. 혹시 저 바위괴물한데 잡아먹히기라도 한 걸까? 그럴 리는 없을 것이다. 설마!

푸푸가 바위를 내려갔다. 무슨 생각을 했는지 그는 쏜살같이 내려가 거북이가 사라진 쪽으로 달려갔다.

거북이 발자국이 선명하게 남아 있으니 그를 찾는 건 어렵지 않았다.

"이봐, 거북아!"

"이런, 또 너구나."

"방금 네가 말한 그 움직이는 바위를 봤어. 정말 네 말처럼 바위처럼 생겼더군. 그래서 말인데 그 바위괴물이 사람도 잡아먹니?"

거북이는 잠시 생각을 하더니 푸푸에게 말했다.

"사람을 먹지는 않을 거야, 식성이 좋긴 하지만. 그는 여기 붙은 굴들만 따먹을 뿐이야. 하지만 그가 얼마나 위험한지는 나도 잘 몰라. 그를 잘 아는 동물은 없어. 워낙 크고 무서워서……."

거북이는 바닥의 모래를 여기저기 둘러보고는 말을 이었다.

"그렇지만 누군가 그의 식량인 굴을 건드린다면 움직이는 바위가 가만있진 않겠지. 사실 이 바위 숲의 굴들은 독을 품고 있어. 누군가 굴을 먹게 된다면 아주 깊은 잠에 빠지게 될 거야. 며칠을 자거나 어쩌면 죽게 될지도 몰라. 그 움직이는 바위도 이 굴들을 따먹고 잠이 들어. 우리 거북이들은 그가 잠든 사이에 알을 낳길 원해. 아무도 그를 만나고 싶어 하지 않으니까 말이야."

"그렇군! 고마워, 거북아. 이제 나도 털보를 찾으러 가야겠어."

푸푸가 다시 거북이에게서 돌아섰다. 그는 쏜살같이 움직였다.

"털보~."

바다 위로 해가 기울고 있었다. 더 이상 바위 숲으로 들어오는 빛은 보이지 않았다. 푸푸는 더 빠른 속도로 움직였다. 마치 이 바위 숲에 살고 있었던 고양이처럼 쏜살같이 이쪽저쪽을 돌아다녔다. 그래도 털보의 흔적은 보이지 않았다.

그 사이 해가 지고 서서히 하늘의 별들이 숫자를 더해갔다. 세상에 별 말고는 아무것도 보이지 않는 깜깜한 밤이 되었다. 푸푸는 지쳐선 더 이상 움직이기 힘들게 되었고 어디쯤인지도 모르는 캄캄한 바위 숲 미로에 갇히고 말았다. 멀리서 들려오는 파도소리만이 아직 여기가 무인도 해변 어딘가에 있다는 것만 알 수 있게 했다. 푸푸는 더 이상 털보를 찾을 수 없다는 것을 깨달았다. 아무래도 여기서 밤을 보내야 할 것 같았다.

푸푸가 바위에 기대어 몸을 뉘었다. 나도 푸푸 옆에 앉아 바위에 기댔다. 낮의 뜨거운 햇살에 바위가 달구어져 따뜻했다. 언제까지 이 바위가 우릴 따뜻하게 해줄지는 모르겠지만, 피곤한 몸에 잠들기엔 충분했고 바위에 둘러싸여 바람도 잘 들어오지 않아 어쩌면 내일 아침까지 무리 없이 잘 수 있을 것 같았다.

바위 사이로 하늘의 별무리가 조금씩 보였다. 푸푸는 그새 잠이 들었는지 '털보, 털보'하며 잠꼬대를 했다. 털보는 도대체 어디로 간 걸까? 선장 일행은 어떻게 하고 있을까? 설마 털보가 푸푸를 버려두고 돌아간 건 아닐까? 그러면 어떻게 하지? 푸푸는 이 섬에 갇히게 되는 걸까? 그럼 나는 어떡하지? 이런저런 고민에 잠을 설치다 나도 잠이 들었다.

'우헤헤헤, 그래 은빛물고기들이 여기 있었어! 내게 오라고. 내가 너희들을 찾아 얼마나 헤매 다녔는지 알아? 이제야 찾았어!'

은빛물고기는 굉장히 눈부시게 빛났다. 그들을 향해 눈을 뜰 수가 없을 정도였다.

"야옹!"

푸푸가 오랜만에 은빛물고기 꿈을 꾼 모양이다. 바위틈 사이로 들어온 아침햇살이 푸푸의 눈을 비추고 있었다.

"이런 못된 햇살 같으니!"

푸푸가 투덜거렸다.

그때였다. 푸푸는 반사적으로 날카로운 소리와 함께 온몸에 털을 세웠다.

그 상태로 얼어버린 것처럼 꼼짝도 못한 채 푸푸는 그를 향해 있는 굉장히 큰 얼굴과 마주하고 있었다. 나는 아직 푸푸와 함께 기대어 잠들었던 바위, 즉 지금 푸푸와 마주하고 있는 얼굴의 주인공! 바위괴물의 따뜻한 허벅지에 기대어 있었다. 이런 세상에나!

짧지만 아주 긴 시간이 천천히 흘렀다. 그리고 유일하게 생명이 붙어 있던 푸푸의 눈동자가 그 바위괴물의 상태를 살폈다. 그는 아직 잠들어 있었다.

살짝 벌어진 입 사이로 붉은 혀가 입 밖으로 나와 있었고, 하얗고 큰 이빨은 그가 무서운 괴물임을 증명하고 있었다. 하지만 그런 그의 무서운 모습에도 아주 축 늘어진 혀와 가누지 못하고 있는 그의 머리, 늘어진 몸, 죽은 것처럼 잠들어 있는 바위괴물의 모습은 좀 우스꽝스럽고 안쓰러워 보였다.

거북이 말처럼 굴독에 중독되어 있는 걸까?

하늘의 햇살이 바위를 넘어와 그의 얼굴에 따갑게 내리쬐고 있었다. 푸푸는 어느새 긴장이 풀렸는지 그의 못난 털은 다시 제자리로 돌아와 있었다. 푸푸는 천천히 한 발 한 발 그에게로 다가갔다. 그의 둥글고 주름진 코앞으로 갔을 때 푸푸의 뭉친 털이 바위괴물의 콧바람에 날렸다. 푸푸의 인상이 일그러졌다.

푸푸는 한참 동안 그의 얼굴을 살펴더니 그를 깨웠다.

나는 그의 무모한 행동에 깜짝 놀랐다.

"이봐!"

아무런 반응이 없자 푸푸는 재차 그를 불렀다.

"이봐, 큰 돼지!"

그래도 그는 아무런 반응이 없었다.

마침내 푸푸는 그의 코를 만지고 말았다.

나는 조마조마한 마음으로 푸푸를 지켜보고 있었다. 물론 나는 그들과 멀리 떨어진 바위 위에 앉아 있었다.

푸푸가 그의 코를 만져도 그는 아무런 반응이 없었다. 그러자 푸푸는 바위괴물의 앞발 위에 올라섰다. 반원처럼 생긴 발엔 짧고 뭉툭한 발톱이 보였는데 한 개는 보였고 나머지는 모래에 묻혀 보이지 않았다. 푸푸는 그의 짧은 앞다리를 타고 바위괴물의 몸 위로 올라갔다. 그리곤 그의 어깨를 지나 등 위로 올라갔다. 그는 주위를 한번 돌아보고는 다시 저 멀리 늘어선 바위를 돌아봤다.

"털보~."

푸푸가 갑자기 털보를 불렀다.

이런 엉뚱한 푸푸의 행동에 난 또 놀랐다. 얼른 바위괴물의 눈을 봤지만 다행히 그의 눈은 아직 굳게 닫혀 있었다.

그리고 푸푸는 몇 번 더 털보를 불렀다. 하지만 바위 숲은 너무도 고요했고 다행히 바위괴물도 고요했다. 털보 찾는 것을 포기한 푸푸가 다시 바위괴물의 등을 타고 내려왔다. 그리고 그는 결국 나의 조마조마한 심장을 터트려버리고 말았다.

"이봐, 큰 돼지~."

푸푸가 바위괴물의 귀에다 아주 큰소리로 외친 것이다.

깜짝 놀란 바위괴물은 벌떡 일어나 온몸을 흔들며 펄떡펄떡 뛰었다. 그러다 옆에 있던 바위에 쿵 박고 멈춰서 주위를 두리번거렸다.

놀란 바위괴물 덕분에 하늘을 날아 모래사장 위로 떨어진 푸푸는 쏜살같이 일어나 내가 앉은 바위 뒤로 쏙 숨어버렸다. 잠이 덜 깬 바위괴물은 계속 두리번거리며 주위를 살폈다. 그리곤 귀가 가려웠는지 한참이나 그의 앞다리에 비벼댔다. 그 광경을 지켜보던 푸푸는 아주 작은 소리로 조심스럽게 그를 불렀다.

"야옹."

바위괴물의 시선이 푸푸에게로 왔다. 그는 한참 동안 푸푸를 쳐다봤다. 그리고 서서히 푸푸에게로 다가왔다.

푸푸는 다시 뒤로 쏙 숨어버렸다.

바위괴물이 바위 앞으로 다가와서는 푸푸가 나오기를 기다리는 듯 뒷다리를 내려 모래사장 위에 앉았다.

"넌 누구지?"

바위괴물이 푸푸를 향해 물었다. 그의 목소리는 덩치만큼이나 굵고 느렸다.

"헤에, 안녕! 난 푸푸라고 해."

푸푸가 고개를 내밀며 바위괴물에게 인사했다.

"푸푸!! 너였구나."

"너라니? 넌 날 아니?"

놀란 푸푸는 바위에서 살며시 나와 바위괴물에게 물었다.

"어제 넌 '털보'를 외치며 여길 돌아다녔잖아. 그런데 털보
가 뭐지?"

"응, 털보는 털이 많은 사람이야."

"사람? 사람은 뭐지?"

"오, 이런! 이 섬에 있는 모든 동물에게 사람을 설명해야 하
다니! 그건 무척 어려운 일이야. 내가 털보를 찾게 된다면 네
게 보여줄게."

"그리고 난 너처럼 생긴 동물은 처음 보는데?"

"난 이 섬에 살지 않아. 난 저 바다를 건너왔어."

"바다를 건너왔다고? 하지만 넌 새처럼 보이지 않는데, 물
고기처럼 헤엄을 치니?"

"난 새도 아니고, 물고기도 아니야."

바위괴물은 푸푸를 이해하기 어려워했다. 푸푸는 타고 온
배에 대해 설명을 했지만 바위괴물은 여전히 이해하지 못하는

것 같았다.

"그럼, 넌 무슨 동물이야?"

"난 고양이야."

"고양이?"

"그런데 네 이름은 뭐야?"

"이름?"

"이름이 없니?"

"이름이 있지만 잘 기억나지 않아."

"그래, 그러면 치푸는 어때?"

"치푸?"

"그래, 네 이름 치푸!"

"멋진 이름인데 치푸! 고마워, 푸푸."

이름을 얻은 바위괴물이 좋아하자 푸푸는 멋쩍으면서도 이상한 웃음을 보였다.

원래의 치푸 존재를 알 길 없는 바위괴물은 마치 계급장을 받은 것처럼 좋아했다.

"치푸."

"응, 푸푸."

"난 지금 배고파 죽을 지경이야. 뭐 먹을 거 없니?"

푸푸의 물음에 바위괴물의 얼굴이 어두워졌다.

그리고 시원한 해풍이 그들 사이로 지나갔다.

"넌 뭘 먹고 사니?"

"나는 물고기 수프, 물고기 튀김, 물고기 구이……. 음, 그
리고 그냥 물고기. 참 넌 은빛물고기를 아니?"

"은빛물고기?"

"응, 아주 많은 은빛물고기."

"그렇게 많은 물고기는 아니지만 저기 가면 반짝이는 은빛
을 띄는 물고기들이 지나다녀."

"정말이야, 어디?"

푸푸는 갑자기 신이 났다.

"저기 건너편 모래사장과 여기를 가르는 작은 바다가 있는 데 그곳에서 봤어."

"물 위를 날아다니지는 않니?"

"물 위를 날아다닌다고? 그런 물고기는 본 적이 없는데."

"그렇군."

푸푸는 다시 실망스런 얼굴을 했다.

"왜? 푸푸 네가 찾는 물고기가 아니니?"

"내가 찾는 물고기는 파도처럼 바다 위를 헤엄쳐 다니는 아주 많은 은빛물고기야."

"그러면 내가 본 물고기들은 아닌 것 같아."

"치푸! 꼭 물고기가 아녀도 돼. 사실 난 아무거나 잘 먹는다고. 뭐 먹을 수 있는 건 없니?"

바위괴물은 잠시 망설이다가 말을 이었다.

"푸푸, 난 여기 바위에 붙어 사는 굴을 먹고 살아. 하지만 이 굴을 네게 줄 순 없어. 이 굴들은 독을 품고 있거든. 사실 난 아주 작은 돼지였어. 원래는 저 산에서 살았는데 이 굴을 먹고 난 후로 난 이곳을 떠날 수 없었어. 여기 독을 품고 있는 굴을 먹은 동물들은 죽거나, 아니면 아주 깊은 잠에 빠져 며칠을 일어나지 못해. 다행히 죽지 않고 잠에서 깨어나면 또 굴을 먹게 돼. 굴독은 중독이 되거든. 처음 이 굴을 먹었을 땐 너무 맛있어서 그 맛을 잊을 수 없었어. 그래서 난 이 굴만 먹고 살았어. 그런데 문제는 이렇게 끝도 없이 몸이 크고 이상하게 변해가는 거야. 이젠 너무 커져서 이 바위사이를 돌아다닐 수가 없어. 여기서 내가 다닐 수 있는 곳이 자꾸 줄어들고 있어. 이젠 이 굴을 먹지 않고 살 수가 없는데 말이야. 난 아마도 여기 갇혀 죽을지도 몰라. 그런 굴들을 네가 먹게 할 순 없지."

이제 보니 이 바위 숲에서 굴 껍데기 반쪽이 사라진 곳은 바위틈이 넓은 곳이었고, 굴들이 잘 붙어 있던 곳은 바위틈이 좁고 험한 곳이었다는 생각이 들었다.

"오, 이런 못된 굴 같으니. 그런데 넌 정말 돼지였구나?"

바위괴물은 대답 대신 고개를 끄덕였다.

"정말 여기 있는 굴은 무서운 것이구나. 그럼 지금부터 그 굴을 먹지 않고 다른 걸 먹는 건 어때? 아, 그래! 저쪽 돼지들처럼 게를 잡아먹고 살아도 되잖아."

"난 이 굴을 먹지 않고는 살 수가 없어. 그리고 이제 내가 이 바위 숲을 빠져 나갈 수 있는 길이 없어."

"치푸, 저기 모래사장 위에 쌓아둔 굴 껍데기들은 누가 쌓은 거지?"

"그건……."

당황한 듯 바위괴물은 선뜻 대답을 하지 못했다.

"넌 그것들을 치우고 네가 내려온 산으로 다시 돌아갈 수 있어."

바위괴물은 푸푸의 말에 다소 놀란 눈을 하고 푸푸를 바라봤다.

"하지만……."

바위괴물은 또 다시 말을 잇지 못했다.

"치푸! 배고파. 굴 말고는 먹을 게 없니?"

바위괴물은 아직 심각한 표정이었지만, 다그치는 푸푸의 물음에 머뭇거리며 말을 했다.

"응, 그래! 네가 은빛물고기를 좋아한다니, 내가 저 강에 가서 은빛물고기를 잡아줄게."

"정말! 넌 정말 멋진 돼지야. 최고의 바위괴물이야."

"바위괴물?"

"이봐, 치푸! 빨리 가자고."

푸푸는 바위괴물을 재촉하며 바닷물이 흐르는 강을 향해 달렸다.

바위괴물도 푸푸의 재촉에 뒤를 따라 움직이자 커다란 그의 그림자가 푸푸를 덮쳤다. 놀란 푸푸가 갑자기 멈춰서 선 뒤를 돌아봤다. 바위괴물이 오른발을 들어 옮기려던 순간이었으므로 그의 발이 푸푸의 머리 위에서 멈춰섰다. 푸푸는 눈이 휘

둥그레지며 꼼짝하지 못했다.

"푸푸, 왜 갑자기 멈춰선 거지? 하마터면 널 밟을 뻔했어.
괜찮니?"

"응 괜찮아. 넌 좀 천천히 와야겠어."

"그래, 알았어."

둘은 곧 바다가 흐르는 강 앞에 멈춰 섰다.

"푸푸, 넌 여기서 기다려. 내가 물고기를 잡을 테니까."

"그래, 난 물고기를 아주 많이 먹을 테니 많이 잡아와."

"알았어. 그런데 푸푸, 넌 여기서 멀리 떨어져 있는 게 좋을
거야. 잘못하다간 물에 빠질지도 몰라."

"알았어. 그런 건 걱정하지 마. 난 물을 아주 싫어하니까 말
이야."

바위괴물이 물속으로 천천히 들어갔다. 그의 몸이 거의 잠
기고 등만 조금 보였다.

그리고 가끔 그의 주름지고 늘어진 코가 물 밖으로 올라와
공기를 들어 마시곤 사라졌다. 그를 고래처럼 볼 수도 있겠지
만 아무리 봐도 그 형상은 물속을 걸어 다니는 알 수 없는 괴
물로 밖에 보이지 않았다.

그는 키보다 깊은 물을 다닐 때에도 꽤 수영을 잘했다. 푸

푸는 잔뜩 기대에 찬 눈으로 바위괴물이 여기저기 물속을 걸어 다니는 모습을 뚫어지게 보고 있었다.

그리고 그때였다. 물속을 헤매던 바위괴물이 갑자기 푸푸를 향해 빠른 속도로 다가왔다. 바위괴물과 함께 큰 파도가 밀려왔다. 푸푸가 놀라 도망을 갔지만 이미 때는 늦었다. 바위괴물이 밀고 온 큰 파도가 푸푸를 덮치고 말았다.

"에푸, 에푸, 켁켁!"

"아니, 푸푸! 너 아직도 여기에 있었니?"

"치푸, 이게 뭐하는 짓이지?"

"미안해, 네가 아직 여기에 있을 줄은 몰랐어. 그래서 저기 멀리 떨어져 있으라고 한 건데……."

하지만 푸푸는 더 이상 바위괴물을 향해 대구를 하지 못했다. 아니 바위괴물의 말이 끝나기도 전에 푸푸의 관심은 이미 다른 곳으로 가 있었다. 그건 푸푸 주위에 햇빛을 받아 은빛으로 반짝이는 물고기들 수 마리가 펄떡펄떡 뛰고 있었기 때문이다.

"우와, 치푸! 이 물고기들은 어디서 온 거지?"

푸푸는 신이 나서 물고기들과 함께 펄떡펄떡 뛰기 시작했다.

"네가 말한 은빛물고기들이 맞니?"

"응?"

푸푸는 한참 동안 물고기를 살폈다. 물고기들은 작고 도톰하게 생긴 귀여운 모습이었다.

"이 물고기들은 내가 찾는 그 물고기가 아닌 것 같아. 하지만 은빛을 띠고 있는 걸 보면 은빛물고기가 맞긴 한걸."

푸푸는 바위괴물을 보며 싱긋 웃음을 보였다.

바위괴물도 기분이 좋은지 푸푸를 따라 싱긋 웃어 보였다.

바위괴물은 다시 물속으로 들어가고 푸푸는 늦은 아침식사를 하기 시작했다. 물과 멀리 떨어진 곳에서 말이다.

또다시 큰 파도와 함께 거대한 바위괴물이 물속에서 솟아올랐다.

푸푸의 바로 코앞까지 밀려온 파도에 노란 물고기 한 마리가 펄떡거렸다. 이번에 밀려온 물고기들은 빛나는 노란색을 띠고 있었다. 푸푸는 펄떡이는 물고기를 앞발로 잡았지만, 이미 푸푸의 배는 통통하게 올라 있었다.

"푸푸, 물고기가 더 필요하니?"

"아니, 이젠 네가 먹을 만큼만 잡으면 될 것 같아."

"응? 푸푸, 난 물고기를 먹지 않아."

"그래! 히이, 그럼 이 물고기들은 모두 내가 가져야겠는걸. 하지만, 치푸! 이 물고기들은 정말 맛있어. 언제든 먹어보고 싶으면 말해."

"그래, 푸푸."

푸푸는 바위괴물에게 어깨를 내리라 하고는 물고기를 물어 바위괴물의 등과 머리위로 옮겼다. 마지막 물고기를 물고 푸푸는 아예 물고기와 함께 바위괴물 등위에 자리를 잡고 앉았다.

"치푸, 이제 돌아가자고. 더 늦기 전에 난 털보를 찾아야 해."

"그래, 출발할 테니 떨어지지 않게 조심해."

바위괴물은 자리에서 일어나 싱글벙글 거리며 걸음을 옮겼다.

"우와, 치푸! 넌 정말 대단해. 이 말은 좀 이상하긴 하지만, 넌 정말 멋진 친구야."

푸푸는 바위괴물 등 위에서 신이 났다.

"고마워, 나도 널 만나서 무척 기뻐. 이곳에 살면서 친구를 만난 건 네가 처음이야. 이 섬에 사는 동물들은 여기에 오지 않아. 친구를 만난다는 게 이렇게 즐거운 일인데 말이야."

"내가 새로운 친구를 만나게 된다면, 꼭 네 이야기를 할게. 아참! 난 어제 바닷가에서 거북이를 만났는데, 넌 거북이들을 본 적 없니?"

"거북이?"

"그래, 거북이 말이야. 어제 만난 그 거북이가 널 알려줬어."

"하지만, 난 거북이를 본 적이 없는데."

"거북이들은 몰래 이곳 해변을 왔다 간다고."

"왜 그러지? 왜 그들은 몰래 왔다 가지?"

"그들은 알을 낳기 위해 먼 바다에서 온다고 했어. 하지만 네가 다니는 모래 위는 피해서 알을 낳는다고 했어. 그건 네가 굴을 따먹기 위해 다니다가 너도 모르게 그 알들을 밟고 지나가기 때문인 것 같아."

바위괴물이 갑자기 걸음을 멈춰섰다. 그가 몰랐던 사실에 놀란 것 같았다.

"푸푸, 난 정말 몰랐어. 정말이야."

"너무 걱정하지 마. 거북이들은 네가 다닐 수 없는 곳을 찾아 알을 낳는다고 했어. 물론 여길 찾는 모든 거북이들이 너의 존재를 알고 있는지는 모르겠지만 이제 그 사실을 알았으니 조심하면 돼."

"푸푸! 난 이 바위 숲엔 언제나 나 혼자뿐인 줄 알았어. 가끔 몇몇 새들이 다녀가긴 하지만 거북이들이 그렇게 소중한 알을 두고 간다는 건 정말 몰랐는걸. 난 이 굴들에만 정신이 팔려 있었던 것 같아. 그들에게 어떻게 사과해야 하지?"

"치푸, 이제 와서 그들에게 사과할 필요는 없어. 그들이 모래 속에 몰래 숨겨둔 알을 누가 알 수 있겠어? 도둑갈매기나 도둑돼지들이면 모를까? 그건 거북이들도 책임을 져야 해."

"하지만 난 정말 그들에게 미안해. 내가 너무 부끄러워."

"치푸, 네가 그 거북이들을 찾아간다면 그들은 너를 보고 도망을 갈지도 몰라. 내가 그 거북이를 다시 만나면 꼭 네 얘기를 전해줄게."

한참 후 바위괴물은 풀 죽은 목소리로 대답했다.

"그래 푸푸, 고마워."

난 학교 교실 뒤편 책장에서 거북이에 관한 책을 본 적이 있다.

그들은 모래 속에 알을 낳고 다시 바다로 떠난다고 했다. 그러면 모래 속에서 부화한 새끼들이 밖으로 나와 엄마 거북처럼 바다로 간다는 내용이었다. 난 그 책을 읽고 한참 동안 엄마 거북이를 찾아가는 새끼 거북이 생각에 빠져 있었다. 물론 그 책엔 털이 못난 고양이와 바위처럼 생긴 괴물은 나오지 않았다.

바위괴물의 얼굴은 슬퍼 보였고 푸푸의 얼굴은 무척 즐거워 보였다.

"푸푸, 넌 그 털보라는 사람을 찾으면 여길 떠나는 거니?"

"응."

"그럼 여긴 왜 온 거야?"

"여긴 물을 찾으러 왔어. 하지만 물은 이미 선장이 찾았을 거야. 여기 오다가 돼지 가족을 만났거든. 그들이 물이 어디 있는지 알려줬는데 그곳은 바로 선장이 물을 찾으러 떠난 곳이야."

"넌 찾는 게 많구나. 그런데 은빛물고기는 왜 찾는 거지?"

"그건 말이지? 응 그건, 차푸 녀석에게 복수를 해야 하거든. 그리고 할망에게 선물을 해야 해."

푸푸는 바위괴물이 오해할까 봐 뚱뚱이 고양이 치푸를 차푸라고 둘러댔다.

"차푸! 푸푸, 네 친구 차푸는 내 이름이랑 비슷한데. 헤헤, 그런데 푸푸! 복수를 하는 건 뭐지?"

"복수! 그건 말이지……, 응 그래 복수는 아주 많은 은빛물고기를 보여주는 거야."

바위괴물은 잘 이해가 되지 않는 듯한 표정으로 푸푸에게 다시 물었다.

"그럼 선물을 하는 건 뭐지?"

"선물? 그건 음……, 그래 선물은 아주 많은 은빛물고기를 주는 거야."

"으음, 복수하고 선물은 비슷한 거구나."

"치푸우, 사실 그 둘은 아주 다른 거야. 미안하지만 그 이야기는 그만했으면 좋겠어."

"그래, 푸푸! 하지만 네 얘기는 무척 재미있는걸."

푸푸는 바위괴물과의 이야기가 자꾸 미궁 속으로 빠지자 다시 털보의 행방으로 관심을 돌렸다.

"치푸, 넌 털보가 있을 만한 곳을 알지 못하니?"

"미안해 푸푸, 이 바위 숲에서 내가 갈 수 있는 곳은 그리 많지 않아. 하지만 갈 수 있는 곳은 모두 가보자고."

"그래, 좋아! 네 등에서 이렇게 둘러보니 먼 곳까지 볼 수 있어서 아주 좋은걸. 그리고 배를 타는 것보다 훨씬 재미있고 신나."

푸푸의 칭찬에 바위괴물이 마음이 가벼워졌는지 발걸음이 빨라졌다.

그리고 그들이 이제 막 바닷물이 보이기 시작하는 곳으로 들어설 때였다.

"푸푸, 이상한 소리가 들리는 것 같은데. 너도 들리니?"

"아니, 난 들리지 않는데 무슨 소리지?"

"아주 멀리서 들리는데 참 낯선 소리야."

"치푸, 그 소리가 나는 곳으로 가보자구."

바위괴물은 푸푸의 말에 따라 그 낯선 소리가 나는 곳으로 향했다.

그 소리는 점점 가까워졌다.

'갑판장님~.'

'긴팔 선원~.'

"이건 선원들의 목소리야. 외다리 선원 목소리도 들리는 걸."

"네가 말하던 그 사람 말이니?"

"그래, 그들이 우릴 찾아왔어."

소리가 점점 가까워졌다.

푸푸와 바위괴물이 좁은 바위틈을 돌아서자 선원들이 나타났다.

큰 움직이는 바위가 그들의 길을 막아섰다.

선원들, 즉 외다리 선원, 빨간코 선원, 대머리 선원, 포 선원은 바위괴물을 보는 순간 푸푸가 그랬던 것처럼 꼼짝도 못하고 얼어버린 것 같았다.

"야옹(이봐, 나야 상어밥)."

눈부신 태양 아래 큰 움직이는 바위가 어울리지 않게 '야옹' 하고 외치자 대머리 선원과 포 선원, 빨간코 선원은 비명과 함께 줄행랑을 치고 말았다.

다행히 외다리 선원은 아직도 얼어붙은 채 꼼짝하지 않고 서 있었다.

"외다리 선원! 나야, 푸푸."

외다리 선원이 서서히 푸푸에게 시선이 맞춰지며 굳었던 얼굴이 풀리기 시작했다.

"푸푸?"

"그래, 나라니까."

바위괴물이 무릎을 접고 앉자 푸푸는 바위괴물의 콧잔등을 타고 내려와 그의 코 위에 앉았다.

그제야 외다리 선원 눈에 푸푸의 모습이 한눈에 들어왔다. 그러나 푸푸 양쪽으로 덩치에 비해 아주 작은 눈 하나씩이 그를 긴장하게 하고 있었다.

"외다리 선원, 여기서 널 만나게 되다니, 정말 기쁜걸."

"푸푸, 어떻게 된 일이지? 갑판장님과 긴팔 선원은 어디에 있지?"

"나도 그들을 찾고 있어. 이 괴상한 바위 숲 입구에서 그들을 잃어버렸어."

"그들을 잃어 버렸다고?"

외다리 선원은 푸푸가 갑판장과 긴팔 선원을 잃어버렸다는 말에 바위괴물을 살폈다.

그러나 바위괴물은 호기심어린 눈으로 외다리 선원을 쳐다볼 뿐이었다.

"외다리 선원! 이 친구는 치푸라고 해. 치푸는 이 바위 숲에 사는데 물고기를 아주 잘 잡아. 나에게 은빛물고기를 잡아줬어."

"그래, 안녕! 나는 외다리 선원이라고 해."

"푸푸가 말한 사람을 만나게 되다니 정말 기뻐."

외다리 선원은 생김새와는 달리 순해 보이는 바위괴물에 조금은 안심이 되는 것 같았다.

"이런 작은 섬에서 친구를 만나게 되다니, 나도 뜻밖이야. 치푸! 그런데 넌 정말 크구나."

외다리 선원은 바위괴물의 크기에 경이로운 듯 말했다.

"난 너처럼 작고 날렵한 몸이 부러운걸. 넌 정말 신기하게 생겼구나. 어떻게 두 발로 걸어 다닐 수 있지? 새처럼 날개도 보이지 않는걸."

"치푸, 외다리 선원은 배에서 바닷길 찾는 일을 해. 그리고 외다리 선원은 모르는 게 없지. 별들의 길도 알고, 바닷물의 깊이도 알고, 갈매기의 노래도 알고, 그림자의 길이도 알고, 정말 모르는 게 없어. 지금은 여행 중이야."

말을 마친 푸푸는 이상한 기분이 들었다. 마치 시간을 돌아 같은 덫에 걸려든 것 같은 느낌이었다.

그걸 바위괴물이 일깨워줬다.

"여행? 여행이 뭐지?"

바위괴물이 물었다.

푸푸는 그 미로와 같은 질문을 다시 듣게 되자 당황스러웠지만 또 한편으론 반갑기도 했다. 그건 다행히도 그 답을 대신할 외다리 선원이 옆에 있었기 때문이다.

푸푸는 영문도 모를 외다리 선원에게 바위괴물의 질문을 돌려 재차 물었다.

"여행? 외다리 선원! 여행이 뭐지?"

외다리 선원은 이들의 갑작스런 질문에 조금 당황해했다.

"여행? 그러니까……, 여행은? 그래, 여행은 그냥 이렇게 너희들을 만나는 거야. 푸푸 너를 만난 것처럼 지금 치푸를 만나는 일, 뭔가 새로운 것들을 만나는 것이지."

"여행은 즐거운 일이구나. 이렇게 많은 친구를 만나게 되니 말이야."

그의 말처럼 바위괴물은 행복해 보였다.

"그래, 여행은 즐거운 일이야. 행복한 일이지."

푸푸의 귀가 솔깃해졌다. 외다리 선원이 '행복'이란 말을 한 것이다.

돼지 가족에게 한 푸푸의 말이 거짓은 아니었기 때문이다.

"외다리 선원, 행복이 뭐지?"

푸푸는 이제 돼지 가족의 입장이 되어, 또 바위괴물의 입장이 되어 행복이 뭐냐는 질문을 했다. 푸푸는 입에 물고 있던 돌을 뱉어내는 것 같았다.

"푸푸, 우린 갑판장 님을 찾아야 해. 이렇게 한가한 시간이 아니야."

"하지만, 난 정말 궁금하다고."

외다리 선원은 잠시 머뭇하다 말을 했다.

"그래, 이렇게 뜻밖의 질문을 받으니 뭐라고 답을 해야 할지 모르겠어. 항상 난 행복하지만 행복에 대해선 생각을 해본 적이 없는 것 같아. 글쎄 행복이 뭐지? 이건 정말 어려운 질문이군. 푸푸, 넌 행복을 느낀 적이 없니?"

푸푸 역시 외다리 선원에게서 돌아온 질문에 당황해 했다.

행복을 느낀 적? ……푸푸는 한참을 생각했다.

"난 나무 위에서 늘어지게 잠을 잘 때 행복해. 그리고 은빛 물고기 꿈을 꿀 땐 정말 행복하다고."

"그리고?"

외다리 선원이 재촉하며 물었다.

"그리고? 그리고, 치푸가 잡아준 은빛물고기를 먹었을 때."

"또?"

외다리 선원이 다시 또 물었다.

"은빛물고기를 잡기 위해 배에 탔을 때, 할망이 끓여준 물고기죽을 먹을 때, 햇볕이 따뜻할 때, 바람이 불어올 때, 그리고……, 그래 선원들과 친구가 되었을 때. 그러고 보니 지금도 행복하다고 할 수 있는걸."

"그래! 잘됐군. 푸푸, 나도 너에게 행복이 뭐라고 답을 할 수는 없지만 너도 많은 일에 행복을 느끼고 있다니 잘 생각해 보면 행복이 뭔지? 알 수 있지 않을까?"

푸푸는 답을 얻기 위해 외다리 선원에게 물었지만, 그 궁금함은 더 크게 불어 돌아왔다. 마치 뱉었던 돌이 머릿속으로 들어온 것 같았다. 그리고 그 화풀이는 바위괴물에게로 돌아갔다.

"치푸, 넌 언제 행복하지?"

모든 게 궁금한 바위괴물에게 푸푸가 물었다.

"난 행복이 뭔지 몰라. 행복이 뭐지, 행복이란 말은 처음 듣는걸."

머릿속 돌이 구르고 말았다.

"행복은 정말 모르는 게 좋겠어."

푸푸가 투덜거렸다.

"치푸! 그러면 뭘 할 때가 가장 즐겁고 기쁘지?"

외다리 선원이 푸푸의 질문을 도왔다.

"즐거운 일? 너희를 만나서 난 정말 즐거워."

"하하, 우리를 그렇게 생각해주니 고맙군. 하지만, 치푸! 우리가 모르는 즐거운 일이 있지 않을까? 이 섬엔 뭔가 많은 비밀이 있을 것 같아. 이 바위들도 이상하고?"

"여기엔 즐거운 일이 없어. 찾아오는 친구도 없고 난 여기에 갇혔다고. 매일 굴을 찾아 다녀야 해. 그래 난 굴을 찾았을 때가 가장 즐거워."

하지만 바위괴물의 이야기는 그렇게 즐거워 보이지는 않았다.

"그렇구나. 이거 아쉬운데, 뭔가 굉장한 일이 있을 줄 알았는데 말이야."

"하지만 치푸는 정말 좋은 친구야. 정말 신나는 일이 많다고."

"그래, 푸푸! 치푸는 좋은 친구야. 치푸, 널 기분 나쁘게 할 생각은 아니었어. 그냥 호기심이 일었을 뿐이야. 기분 나빴다면 미안해. 사과할게."

"아니야. 너희들이 미안해할 일이 아니라고."

그때였다. 바위괴물의 슬픈 눈이 갑자기 반짝거리며 귀가 움찔거렸다.

"푸푸, 저 쪽에서 무슨 소리가 들리는데."

바위괴물은 저쪽 선원들이 도망간 바위 뒤를 가리켰다.

푸푸와 외다리 선원이 바위괴물이 말한 쪽을 향해 고개를 돌렸다.

때마침, 도망간 대머리 선원이 바위 뒤에서 고개를 내밀어 푸푸 일행과 눈이 마주쳤다. 놀란 대머리 선원은 다시 고개를 감추었다.

"대머리 선원! 괜찮다고. 이리 나와봐."

대머리 선원이 다시 고개를 내밀었다.

"야옹(대머리 선원 걱정 마)."

"자네가 생각하는 것처럼 그렇게 위험하지 않아. 여기 상어밥도 있어. 그리고 여기 큰 동물은 상어밥과 친구인 것 같아. 안심하고 이리 와."

외다리 선원이 다시 그를 안심시켰다.

잠시 후 그가 바위 뒤에서 나왔다.

"저기, 조타장님! 우린 갑판장님을 찾았다고요."

아직 얼떨떨해하던 대머리 선원이 가까기 다가오지 못한
채 소리쳤다.

"뭐! 정말이야? 어디지?"

"저쪽으로 조금만 가면 있는데 도대체 아무리 깨워도 일어
나질 않아요."

"일어나질 않는다니! 그게 무슨 말이지?"

"죽은 건 아닌데 마치 죽은 사람 같아요. 아! 긴팔이도 같이
있어요."

"그럼 긴팔 선원은?"

"긴팔이도 죽은 건 아닌데 갑판장님처럼 깨워도 일어나지
않아요."

"야옹(그럼 내가 깨워야겠군)."

"푸푸! 어서 가보자."

외다리 선원은 갑판장이 있다는 곳을 향하며 푸푸에게 말
했다.

"치푸! 우리도 가보자구. 대머리 선원이 털보를 찾았대."

푸푸의 재촉에 바위괴물도 같이 움직이기 시작했다.

바위괴물은 털보 찾기 놀이를 하듯 신이 났다. 이렇게 많은
친구들이 바위 숲에 나타난 건 처음이기 때문이다. 바위괴물
은 외다리 선원을 따라 걸음을 걸었다. 푸푸는 바위괴물 등 위

에서 늠름한 장군처럼 앉아 털보가 나타나길 기다렸다. 곧 선원들의 소리가 들리기 시작했다. 그러나 바위괴물이 털보가 있는 곳까지 가기엔 바위 사이가 너무 좁았다.

"푸푸, 난 더 이상 갈 수가 없어. 그 털보를 꼭 만나고 싶은데 말이야."

"걱정 마. 내가 털보를 깨워서 소개해줄게. 여기서 잠깐만 기다리라고."

"그래 푸푸, 고마워. 어서 가봐."

푸푸는 바위괴물 등에서 내려 선원들이 있는 곳으로 달려갔다.

바위괴물 머리 위에는 금빛물고기들이 빛을 받아 왕관처럼 반짝거렸다.

털보와 긴팔 선원의 얼굴이 잔뜩 부어 있었다. 손등이라도 물어줄 요량으로 달려온 푸푸도 부어 있는 털보의 몸이 이상했는지 놀란 얼굴을 했다.

"야옹(이봐 털보! 도대체 어떻게 된 거야)?"

"숨을 쉬고 있으니 너무 걱정하지 마."

푸푸가 털보 얼굴에 가까이 가자 털보의 콧바람이 푸푸의 코털을 간지럽혔다. 털보는 아주 깊은 잠에 빠져 있었다. 그건 긴팔 선원도 마찬가지였다.

"아마도 여기 있는 굴 때문인 것 같아요."

그동안 털보와 긴팔 선원을 지키고 있던 포 선원이 한쪽에 놓인 굴 껍데기를 가리키며 말했다. 그 옆에는 아직 먹지 않은 굴 더미와 이들이 먹고 버렸을 굴 껍데기가 쌓여 있었다.

"야옹(그 굴은 먹으면 안 돼)."

'푸푸, 넌 이 굴에 대해서 아는 게 있니?'

"야옹(이 굴은 독이 있어서 잘못하면 죽게 돼. 그렇지 않으면 치푸처럼 자꾸 커져가거나)."

'그렇군.'

"모두들 이 굴에는 손대지 마."

외다리 선원은 다른 선원들에게 단호히 지시했다.

"그런데 빨간코 선원이 보이지 않는데 어디 간 거지?"

"빨간코 선원은 구조요청하러 갔어요. 그런데 그 큰 괴물은 어디에 있죠?"

"괴물? 아, 그건 괴물이아니라 상어밥 친구라네."

"친구? 이봐, 상어밥! 어떻게 그런 괴물을 친구로 사귀었지?"

"야옹(괴물이 아냐)."

"우린 갑판장님과 긴팔이가 그 괴물에게 당한 줄 알고 빨간코 선원이 구조요청을 간 거라고요. 조타장님도 위험한 것 같아서…….”

“이거 괜한 일을 벌렸군.”

외다리 선원이 걱정스레 말했다.

“야옹(겁쟁이 선원들 같으니).”

“우선 갑판장님과 긴팔 선원을 이 바위들 밖으로 데리고 나가야겠어. 자네들은 갑판장님과 긴팔 선원을 업도록 하게. 길은 내가 안내하지.”

외다리 선원 지시에 대머리 선원과 포 선원은 각각 털보와 긴팔 선원을 들쳐업었다.

“푸푸, 우선 여기서 나가는 게 치푸에게도 좋을 것 같아.”

외다리 선원이 푸푸에게 말했다.

“그래, 그렇게 하자고.”

‘치푸! 잠깐만 기다려. 털보를 이 바위 숲 밖으로 데려다놓고 다시 올게?

푸푸는 바위괴물이 기다리는 바위 쪽을 향해 속삭이듯 말했다. 그리곤 잠시 주저하다 외다리 선원의 뒤를 따랐다. 긴팔선원를 업은 포 선원도 재빠르게 외다리 선원을 따랐다. 외다리 선원은 조타장답게 망설임 없이 바위 사이를 빠져나갔다.

문제는 털보를 업은 대머리 선원이었다. 얼마 가지 않아 털썩 주저앉고 말았다. 이제는 포 선원이 털보를 업었다.

"야옹(무거운 털보 같으니)."

털보를 업은 포 선원은 다리만 보여서 마치 털보가 네 발로 걷고 있는 것처럼 보였다. 외다리 선원 덕분에 길을 헤매지는 않았다. 하지만 바위 숲을 벗어났을 땐 털보와 긴팔 선원뿐만 아니라, 대머리 선원, 포 선원 모두가 모래사장 위에 누워버리고 말았다.

"모두들 수고했네. 여기 물이 있으니 목들 축이지."

선원들은 외다리 선원이 내준 물을 벌컥벌컥 마셨다. 그리고 푸푸의 차례가 되자 물은 한 방울도 남지 않았다. 그러나 푸푸는 외다리 선원만 쳐다볼 뿐 아무런 불평을 하지 않았다. 외다리 선원이 빙긋 웃음을 보였다.

"이제 선장님의 도움을 기다리자고."

'외다리 선원! 난 치푸와 작별인사를 해야겠어. 금방 다녀올 게.'

'푸푸, 늦으면 안 돼. 구조대가 오기 전엔 와야 해.'

"상어밥! 어디 가는 거지? 곧 선장님이 보낸 지원군이 올 거야."

다시 바위 숲으로 들어가는 푸푸를 향해 포 선원이 외쳤다.

"아마도 바위 같은 친구에게 인사라도 하러 가는 것 같아.

너무 걱정 마."

"정말 그 괴물이 상어밥 친군가요?"

"믿기지 않지만 정말이야. 상어밥은 정말 알다가도 모를 고양이야."

대머리 선원이 외다리 선원을 대신해 대답했다.

"그 순간 고양이 소릴 듣지 못했다면, 우린 아마도 돌아갈 생각도 못했을 거예요."

대머리 선원이 말했다.

"그랬군. 자네들이 다시 돌아온 게 무척 궁금했는데 말이야."

외다리 선원이 웃으며 말했다.

푸푸가 돌아왔을 때 바위괴물은 보이지 않았다.

"치푸."

바위괴물을 불렀지만 아무런 대답이 없자 푸푸는 바위괴물의 발자국을 따라갔다. 하지만 그가 사는 바위 숲엔 언제 다녀갔을지도 모를 발자국들이 온 사방에 찍혀 있었다. 사실 바위괴물을 만나지 않았다면, 이렇게 어지럽혀 있는 모래가 누군가의 발자국이라고는 생각지도 못했을 것이다. 푸푸는 바위괴물을 만난 곳으로 향했다. 이미 해도 많이 기울고 있었다.

다행히 바위괴물은 그곳에 있었다. 하지만 푸푸를 만난 그
때처럼 그는 잠들어 있었다. 그의 머리맡에 굴 껍데기가 놓여
있는 걸로 봐선 굴을 먹고 잠이 든 것 같았다.

푸푸가 바위괴물을 깨웠다. 그러나 그는 꿈쩍도 하지 않았
다. 한참 동안 바위괴물을 바라보던 푸푸는 그를 처음 만났을
때처럼 그의 다리를 타고 어깨 위로 올라갔다. 그리곤 그의 머
리 위로 가서 말라붙어 잘 떨어지지도 않는 금빛물고기를 가
지고 내려왔다. 몇 번을 오가며 모두 가지고 온 푸푸는 굴 껍
데기 안에 물고기를 담았다.

"치푸, 안녕! 널 만나서 정말 행복했어. 넌 정말 좋은 친구
야. 네가 깨어 있었으면 좋을 텐데."

서늘한 바람이 시간과 함께 지나고 푸푸가 돌아섰다.

'치푸, 안녕.'

나도 바위괴물에게 인사를 했다.

난 그에게 많은 친구가 생겼으면 좋겠다고 생각했다.

사실 그가 부화한 아기 거북의 수호신이 되었으면 좋겠다
는 생각을 하고 있었다.

푸푸가 일행들에게 돌아왔을 땐 저녁노을이 붉게 물들어
있었다. 구조대들은 이미 도착하여 되돌아가고 있었고, 외다

리 선원만이 푸푸를 기다리고 있었다.

"작별인사는 잘했니?"

"응."

"어서 가자. 서두르면 따라잡을 수 있을 거야."

"모래는 정말 싫어."

외다리 선원의 목발에는 두터운 가죽천이 감겨 있어 모래 위에서도 튼튼해 보였다.

푸푸와 외다리선 원이 구조대 일행을 따라 잡았을 때는 거의 선장 일행이 기다리고 있는 출발지에 다다랐을 때였다.

선장의 지시에 따라 선원들은 서둘러 본선으로 올랐다. 다행히 털보와 긴팔 선원도 긴 잠에서 깨어났다. 하지만 얼굴은 아직 부어 있었고 무척 혼란스러워했다.

"이봐, 갑판장! 난 자네가 돌아오지 않기에 저 섬을 한 바퀴 돌아오는 줄만 알았네. 자네가 떠난 후 우린 금방 물을 찾아 불을 피웠지만 자네는 돌아오지 않더군. 도대체 무슨 일이 있었던 건가?"

"선장님, 배가 고프군요. 그 맛있는 분홍 굴은 어디 있죠?"

"굴이라니? 무슨 굴 말이지?"

털보는 한참 동안 굴을 찾았다.

그 바위괴물의 섬은 점점 어두워진 밤 속으로 사라져 갔다.

제 9장
허풍쟁이
고양이

배 위의 시간이 무척 많이 흘렀다.

푸푸는 매일 털보를 피해 낮잠을 잤지만 털보는 그런 푸푸를 찾아내 괴롭히곤 했다. 그러면 푸푸 역시 밤에 털보의 발을 물거나 시끄럽게 소리를 내 털보의 잠을 방해했다. 이렇듯 배 위의 시간은 잔잔한 바다와 같이 지나고 있었다. 그런 만큼 모든 사람들이 인내를 필요로 할 때였다. 익숙한 일이긴 하지만 결코 즐거운 일은 아니었다. 이들에게 익숙하다는 것은 무료한 일에 무뎌져 있거나, 더 무뎌져 가는 것이었다.

이번 여행이 좀 더 길어진 건 사실이지만 이들이 겪어온 배 생활에 비하면 그리 지루한 시간은 아니었다. 말썽쟁이 고양이가 부산을 떨고 다닌 덕도 있지만 많은 선원들이 목적지 탕쿠어에서 새로운 배를 찾거나 다른 일을 시작해야 하는 두려움과 조금의 기대감들이 이번 항해의 마음시간을 짧게 만들고 있었다.

어쨌든 이것은 긴 리듬을 만들기 위한 또 하나의 리듬에 불과했다. 조망대에선 다시 한 번 작은 리듬을 재촉하는 소리가 들려왔다.

"육지다, 육지야."

갑자기 바다 밑에서 불쑥 솟아 오른 양 큰 산과 서쪽으로 길게 뻗은 평원, 그리고 마치 바다 위에 떠있는 듯한 멋진 도시가 나타났다. 모든 선원들이 갑판 위에 서서 환호성을 질렀다. 털보도 기쁜 듯 히죽히죽 웃고 있었다.

"헤헤, 오늘 저녁은 진탕 마실 수 있겠군. 선장님! 이번엔 제가 한잔 사겠습니다."

털보가 이렇게 말하자 선장은 그럼 내일은 자기가 사겠다며 큰 소리로 웃어 보였다. 배 위의 모두가 즐거워 보였으나 푸푸는 그리 즐거운 기색이 아니었다.

"야, 상어밥! 널 상어밥으로 써먹지 못한 게 아쉽지만 다음엔 기대해."

털보가 푸푸에게 심술궂은 말을 했지만 푸푸는 다가오는 섬을 바라볼 뿐 별 반응을 보이지 않았다. 푸푸는 역시 시무룩했다.

"상어밥! 왜 풀 죽어 있지? 기운 내. 진짜로 널 상어밥으로 쓰리라고는 생각지 않겠지. 이제 넌 내 친구야. 내가 고향에 갈 땐 널 데리고 갈 테니 걱정 마."

털보는 푸푸를 품에 안으며 중얼거렸다. 털보의 고약한 입 냄새가 푸푸의 코를 괴롭혔는지 푸푸는 얼굴을 찡그리며 '퍅퍅' 거렸다.

배가 항구에 닿자마자 짐의 일부가 내려지고 다시 새로운 짐들이 올려졌다. 선원들은 분주하게 움직였다. 오랜 시간을 지루하게 보낸 이들에게 이보다 더 좋은 일은 없을 것이다. 푸푸도 그런 그들을 보자 기분이 좀 나아졌는지 털보의 뒤를 따라다니며 털보의 일을 방해했다. 털보가 무거운 짐을 낑낑거리며 나르고 있으면 푸푸는 그 위에 올라가 꼬리로 털보의 코를 간질거렸다. 참다못한 털보가 푸푸를 잡으려고 하면 푸푸는 저 멀리 도망을 가버렸다. 그래도 털보는 쉽게 기분이 좋아졌다.

　푸푸가 털보에게 장난을 그만둔 건 흰색의 부드러운 털을 가진 고양이 때문이었다. 벌써부터 푸푸와 털보를 지켜보고 있던 이 고양이를 이제야 눈치를 챈 것이다.

"안녕?"

　푸푸가 인사를 했다.

"……."

"안녕?"

　그 고양이가 말이 없자 푸푸가 다시 인사를 했다.

"안녕?"

　한참을 머뭇거리던 그 고양이도 푸푸에게 인사를 했다.

"넌 참 예쁜 털을 가졌구나."

"……."

"이름은 뭐니?"

"아름이."

"아롱이랑 비슷하군."

　푸푸가 중얼거리듯 말했다.

"네 이름은 뭐니?"

"난, 상……, 아니 푸푸. 여기에 사니?"

"응."

"가족은 없니?"

"아빠랑, 오빠랑. 지금은 순찰중이야. 아빤 다른 고양이가 이곳에 나타나는 걸 아주 싫어하거든."

"그러면 넌 혼자서 지내? 친구는 없니?"

"아니, 하지만 지금은 바다에 나갔어."

"배를 탔단 말이야?"

푸푸는 놀란 듯이 물었다.

"아니, 그는 갈매기야. 엄마와 함께 바다 위를 나는 연습을 해."

"그렇군. 그럼 넌 그 갈매기를 기다리는 거니?"

"응."

"하지만, 너도 아빠를 따라가든가 아니면 다른 친구를 찾아 보면 되잖아?"

"아빠는 나를 아무데도 가지 못하게 해. 다른 곳은 위험하니까. 특히 저쪽으로는."

아름이가 시내 쪽을 가리키자 푸푸도 그곳을 보았다.

무척 큰 도시였다. 푸푸가 살던 곳보다 몇 배는 커 보였다. 사람들은 분주하고 자동차도 많이 보였다. 높고 세련된 건물들도 줄을 서 뽐을 내고 있었다. 그러나 그럴수록 푸푸에게는 더 사나운 괴물처럼 보일 뿐이었다. 더 위협적이고 삭막할 뿐.

하지만 아름이처럼 평생을 가지 말아야 할 이유는 없었다. 신기한 것들도 많고 때때로 재미있는 일이 많은 곳이기 때문에 푸푸는 그곳엔 갈 수 없다는 아름이의 말에 심술이 났다. 또한 친구랑 같이 간다면 그건 마치 모험처럼 신나는 일이 될 거라고 생각했다.

"그럼 넌 여기서만 지내니?"

"응, 하지만 하얀이가 있어서 괜찮아. 내 갈매기 친구 말이야. 그는 곧 돌아올 거야. 그러면 내가 소개해 줄게."

"엄마는 없니?"

푸푸는 갈매기 친구에게는 관심이 없는 것 같았다.

"그건 나도 몰라. 아빠가 말해주지 않아. 그런데 넌 왜 혼자야?"

"난 원래부터 혼자였는데 그건 잘 몰라."

"야, 상어밥! 친구를 만났구나. 어휴, 참 예쁜 고양이로구나! 상어밥하고는 어울리지 않는걸. 허나, 잘된 일이야. 상어밥, 우리는 지금부터 밤새 술을 마실 거니까 네 새 친구랑 잘 놀고 있으라고. 그러나 멀리 가서는 안 돼. 길을 잃으면 안 되니까 말이야. 우린 여기 오래 머물지 못해. 알겠어?"

털보는 갑자기 나타나는 데 도사였다. 아름이가 털보를 보고 놀라 도망을 가자 푸푸가 놀랄 것 없다며 아름이를 안심시켰다.

"무식한 털보 같으니."

낄낄거리며 돌아가는 털보의 뒷모습을 보고 푸푸가 투덜거렸다.

"푸푸, 저 배는 어디서 왔니? 난 저 배들이 어디서 오고가는지 항상 궁금했거든."

"나도 처음엔 어디서 왔는지 몰라. 내가 저 배를 처음 타게 된 건 저쪽 바다 멀리 있는 도시야. 내가 살던 곳이지. 그렇듯이 난 저 배가 또 어디로 가게 될지도 몰라."

푸푸는 어딘지는 몰라도 그냥 바다 저쪽 배가 들어온 곳을 가리키며 말했다.

"그럼 넌 어딜 가려고 저 배를 탄 거니?"

푸푸는 은빛물고기 이야기를 하려고 했지만 예전처럼 쉽게 그 이야기가 나오지 않았다. 그래서 그는 그냥 여행 중이라고 대답했지만 그 여행이란 말은 항상 어색하고 불편했다.

"여행?"

"응. 넌 저 시내로 여행갈 생각은 없니?"

"당연하지. 저긴 가면 안 돼."

"왜지?"

"그건……."

"그럼 할 수 없군. 혼자 갈 수밖에."

푸푸는 얼른 돌아서서 시내로 향했다. 도시는 스물스물 바다에서 불어오는 습한 바람을 빨아들이고 있었다. 아름이는 불안하지만 푸푸를 따라가고 싶은 마음이었다.

"푸푸, 조금 있으면 내 친구 하얀이가 올 텐데 같이 가면 안 돼?"

"갈매기는 도시에 가는 걸 아주 싫어해. 그들은 바다 위를 벗어나 땅 위를 나는 것조차 싫어해. 걱정할 거 없어. 그냥 돌아다니며 신나게 노는 거야."

"하지만……."

푸푸가 중얼거리며 저 멀리 가자 아름이가 얼른 그의 뒤를 따랐다. 두 고양이는 꼬리가 바짝 들려 있었다. 뭉툭하고 털이 엉겨붙은 푸푸의 꼬리는 아름이의 고운 털을 더욱 예쁘게 했다.

"푸푸."

"응."

"넌 도시를 잘 아니?"

아름이가 푸푸의 빠른 걸음을 따라가며 물었다.

"아니, 잘 몰라. 그리고 아주 싫어해. 도시는 지저분하고 무서운 곳이야."

"그럼 왜 가려고 해? 난 정말 무섭단 말이야."

아름이가 갑자기 멈춰서며 물었다.

"하지만 그렇게 무서워할 건 없어. 저곳에도 우리와 같은 고양이들이 살고 있으니까 말이야."

푸푸가 뒤돌아 그녀를 보며 말했다.

아름이는 걱정스런 얼굴로 다시 푸푸 옆에 따라붙었다. 두 고양이는 넓은 부두를 벗어나 도시의 입구에 닿았다. 자동차들이 털털거리며 지나다녔고, 사람들은 서로 부딪히며 오갔다. 그들이 들어선 도로엔 상점이 아주 많았다. 입구엔 과일과 채소가 쭉 늘어서 있었다.

"푸푸, 사람들이 정말 많아!"

"정말 그렇군. 내가 살던 곳보다 훨씬 더 많은걸."

푸푸는 한 가득 꽃이 쌓여 있는 상점으로 아름이를 데리고 갔다.

"햐! 이렇게 크고 많은 꽃은 처음 보는걸? 향기가 참 좋아. 이 향긴 가끔 바람을 타고 내가 있는 항구까지 오던 향기야."

"정말 향기가 좋군."

"푸푸, 그런데 왜 이렇게 힘이 없어 보이지?"

"그건 사람들이 줄기를 잘라서 그래. 그래서 힘이 없는 거야."

"……."

푸푸는 무서운 말만 했다.

두 고양이는 사람들을 피해 여기저기 돌아다녔다. 아름이
도 서서히 사람을 잘 피하는 방법을 알게 되었고 재미있어 했
다. 그런데 한 꼬마 무리가 이들을 보고 쫓아오자 작은 골목길
로 숨었다가 다시 큰길로 나올 때였다.

"이놈들!"

"타닥, 쿵"

"야ㅡ옹!"

아름이의 날카로운 비명이 들려왔다.

갑자기 벼락같은 목소리로 막대를 든 사람이 푸푸와 아름
이를 쫓아왔다. 갑작스런 일이라 하마터면 아름이가 그 막대
기에 맞을 뻔했다. 깜짝 놀란 두 고양이는 다시 그 작은 골목
으로 들어가 정신없이 달아났다. 사색이 된 아름이의 얼굴에
선 굵은 눈물이 뚝뚝 떨어졌다. 푸푸는 사람이 없는 곳에 몸을
숨기고 아름이를 달랬다. 하지만 그녀의 눈물은 그칠 줄을 몰
랐다. 더구나 그녀의 몸은 겁에 질린 채 부르르 떨고 있었다.
푸푸는 아름이의 볼을 핥으며 위로했다.

"저 무식한 사람들! 진정해, 아름아. 저들은 원래 저런걸."

"하지만 난 너무 무서워. 왜 우릴 죽이려 하지?"

아름이가 글썽이며 물었다.

"사람들은 욕심이 많아서 그래. 아마도 우리가 생선을 훔치러 온 줄 아나 봐. 치 못된 생선주인 같으니."

"푸푸, 우리 이제 그만 집으로 가면 안 돼? 아빠가 도시에 가지 말라고 한 이유를 알겠어."

"하지만 넌 언제나 그 부둣가에서 혼자 살 수 없어. 그리고 그 부둣가라고 해서 항상 안전하다고는 할 수 없어."

아름이의 얼굴이 더 슬퍼졌다. 위로하려고 한 말이 그녀를 더 슬프게 한 것 같았다. 푸푸는 얼른 그가 한 말을 부인했지만 그 덕분인지 아니면 그 사실을 인정해서인지 아름이는 울음을 그쳤다. 푸푸는 다시 그녀를 위로할 이야기를 찾아냈다.

"사실 나도 처음 집을 떠났을 땐 많이 두려웠지. 그런 때난, 털이 숭숭 난 아주 큰 괴물을 만났어. 어휴! 그 괴물이 얼마나 무서웠는지 나는 꼼짝할 수가 없었어. 하지만 그 괴물이 점점 덮쳐올수록 나는 정신을 차렸어. 그리고 그 괴물이 날 덮쳤을 땐 난 그 괴물의 손가락을 단숨에 물어버리고 도망을 쳤지. 그랬더니 그 덩치 큰 괴물이 두 손을 붙잡고 아파 죽겠다며 갑판 위를 방방 뛰는 거야. 우헤헤, 그 모양이 얼마나 우습던지."

푸푸는 털보의 흉내를 내며 앞발을 부여잡고 땅 위를 뛰어다녔다. 그러자 아름이는 입가에 미소를 띠기 시작했다. 이번엔 성공한 것 같았지만, 난 푸푸가 말한 영웅담은 본 적이 없었다.

"헤헤, 이젠 알겠지? 나랑 같이 있으면 아무 일 없을 거야."

푸푸가 으스대며 말했다.

"하지만 난 무서우니까 사람들이 많은 곳으로 가면 안 돼."

"좋아."

다시 두 고양이는 사람이 적은 길목을 찾아 이곳저곳을 돌아다녔다. 작은 골목에는 큰길과 달리 사람이 거의 보이지 않았다. 가끔 햇빛이 드는 담 밑에서 잠을 자는 사람과 고개를 숙인 채 힘없이 걸어가는 사람이 있었다. 그리고 푸푸와 아름이를 보고 쫓아오는 아이들 외에는 조용한 골목길 오후였다.

붉은 지붕 작은 집 담장 위에는 박 넝쿨이 골목길로 들어오는 빛을 모두 차지하고 있었고, 그 기운을 못이긴 박꽃들은 벌을 불러 '왱왱'그리며 나팔을 불었다. 아름이는 조금 전 일을 모두 잊은 듯 박꽃처럼 환한 얼굴로 담장 위에 올라 있었다. 그녀는 꽃을 좋아하는 것 같았다. 푸푸는 생각했던 것과는 다르지만 이 도시에 아름이가 좋아하는 것이 있다는 걸 다행이라고 생각했다.

높다란 집들 뒤로 해가 지고 서서히 밤이 오고 있었다. 큰 길에서도 사람들이 조금씩 줄어 조용해지고 가로등과 집집마다 불이 켜지고 있었다.

푸푸와 아름이에겐 오늘 무척 많은 일이 있었다. 하지만 대부분의 시간을 도망을 다녔기에 둘은 몹시 지쳐 있었다. 아름이에겐 마치 큰 파도가 덮쳐 평온한 일상이 쓸려가고 바닷물에 흠뻑 젖은 꼴 같았다.

푸푸는 한참 두리번거리며 다녔고 아름이는 푸푸에게서 조금도 떨어지지 않고 졸졸졸 따라다녔다.

"저기서 쉬면 되겠구나."

"저긴 사람이 사는 집인데?"

"하지만 저건 틀림없이 빈집이야. 저렇게 낡은 집은 내가 사는 동네에도 많았어. 쥐만 득실대지 않는다면 괜찮을 거야."

두 고양이는 그곳으로 갔다.

그러나 때마침 어슬렁거리며 나오는 덩치 큰 늙은 고양이와 마주치게 되었다.

"아니, 이런 새벽부터 내 구역에 들어오다니! 무척 겁 없는 녀석들이군."

그 고양이가 경계의 눈빛을 보였다.

"안녕하세요?"

"뭐? 안녕이라고? 너희들은 이제 죽은 목숨이나 마찬가진데 안녕이라고? 우하하하."

"난 아저씨 구역을 침범하려고 온 게 아니에요."

"침범하려고 한 게 아니라면 여기는 뭣 하러 왔지?"

"잠을 자려고요. 우린 쉴 곳이 필요해요."

"잠을 잔다고? 이 시간에? 정말 알다가도 모를 놈들이군. 이제 우리 고양이들 세상인데 잠을 잔다고? 물론 너희들 세상은 끝이 났지만 말이야. 내 구역을 탐내는 놈들은 누구도 용서할 수 없어. 난 여길 지키려고 수많은 싸움을 했어. 너희 같은 꼬맹이들은 순식간에 해치울 수 있단 말이지, 후후후."

그 고양이는 영웅처럼 말을 했다.

'말이 안 통하는 고양이로군.'

푸푸가 혼잣말로 중얼거렸다.

"오우, 아저씨! 우린 정말이지 아저씨 구역엔 조금도 관심이 없어요. 내일이면 우린 여길 떠나야 해요. 부탁인데 여기서 오늘 밤만 쉬게 해주세요."

푸푸는 애절한 표정으로 그 늙은 고양일 설득했다. 아름이도 푸푸를 돕겠다는 듯 굉장히 측은한 표정으로 푸푸 옆에 서 있었다.

"오! 이거 도대체 어이없는 놈들이군. 말도 안 되는 일이야.

어떻게 내 구역을 침범한 버릇없는 녀석들을 나의 궁전에 재운단 말이야!"

"그럼 아저씨가 집을 비우는 동안 우리가 집을 지켜 드릴게요."

"너희들이 내 궁전을 지킨다고?"

그 늙은 고양이는 한참을 생각했다. 그리고는 생각지도 않게 쉽게 그러자고 했다.

"좋아. 그렇게 하도록 하지. 얼마 전에 쥐도둑 같은 놈들이 내 집을 아주 엉망으로 만들어놓고 갔지. 그놈들을 만나면 따끔하게 혼내줄 거야. 그러니 너희들은 그놈들이 내 궁전엔 얼씬도 못하게 하면 돼. 그리고 나의 궁전은 잘 다뤄야 해. 여긴 이 도시 최고의 고양이만이 살 수 있는 곳이야. 난 여기서 무려 10년을 넘게 살아왔어. 후후후, 좋아! 10년 만에 처음으로 손님을 맞이해보지. 잘 들어. 나의 생쥐들을 훔쳐 먹어서는 안 돼. 그리고 나의 침실에서 자면 안 돼. 그리고……, 어쨌든 내가 돌아왔을 때 조금만 지저분해도 너희들은 혼날 줄 알아. 너희가 내 집을 잘 지켜준다면, 내가 생선을 선물로 주지. 그런데……."

늙은 고양이는 말을 멈추더니 한참 동안 푸푸와 아름이의 눈을 바라보았다. 그리고 다시 말을 이었다.

"너희들이 나타난 건 정말 아이러니한 일이란 말이야. 마치 모든 걸 알고 나타난 것처럼. 좋아, 이렇게 된 이상 미리 알려 두지. 내가 내일 새벽까지 돌아오지 않으면 이 궁전에 있는 모든 걸 가져도 좋아. 그렇지 않고 내가 돌아왔을 땐 여기 있는 모든 것이 그대로 있어야만 해. 알겠지?"

그는 처음엔 영웅스럽게 얘기하다가 점점 진지한 말투로 말을 마쳤다. 푸푸는 무슨 말인지 잘 이해는 가지 않았지만 아무튼 하룻밤을 쉬게 해준다니 다행이라고 생각했다.

"헤! 그럼 잘 다녀오세요."

"어험."

늙은 고양이는 어슬렁거리며 어둠 속으로 도망가듯 사라졌다.

"이상한 고양이 같으니."

푸푸와 아름이가 그 집으로 들어왔을 땐 놀라지 않을 수 없었다. 비록 밖에는 낡은 집이었지만 집안은 정말로 그가 말한 것처럼 궁전 같았다. 푸푸와 아름이는 조심스레 이곳저곳을 살펴보았다.

"푸푸, 이곳은 정말 좋은 곳인데!"

"저 늙은 고양이가 이곳에 산다니 믿어지지가 않는군."

"푸푸, 이리와 봐. 이곳이 침실인가 봐."

"정말 멋진 곳이야. 여기서 잠을 잔다면 아침이 되어도 일어나기 싫을 거야."

푸푸와 아름이는 한참이나 그 늙은 고양이 집에 넋이 나가 있었다. 그리고 두리번거리던 두 고양이의 눈이 마주쳤다. 아름이는 몹시 지쳐 보였다. 맑고 초롱이던 그녀의 눈은 힘없이 풀려 있었고 희고 풍성하던 털도 윤기가 사라져 풀죽어 있었다.

"푸푸, 배고파."

"헤, 나도 그래. 내가 먹을 것 좀 찾아볼게."

푸푸는 이 방을 들어오면서부터 풍기기 시작한 냄새를 찾아갔다. 하지만 그 냄새는 어딘가 꼭꼭 숨겨 있다는 냄새까지 풍기며 푸푸를 혼란스럽게 했다. 푸푸는 한참을 헤매고서야 저 높은 선반에서 흘러오는 냄새임을 알 수 있었다. 푸푸는 그 늙은 고양이가 오르내렸을 나무기둥을 타고 올라갔다. 그곳에는 다양한 음식들이 줄을 서 있었다. 푸푸는 어느 것부터 먹어야 할 줄을 몰랐다. 하지만 푸푸의 관심을 끈 것은 꽤 단단하게 덮여 있는 바구니였다. 그곳에서는 다른 것과는 달리 맛있는 냄새가 나지는 않았다. 오히려 그것이 더 많은 호기심을 끌었다. 푸푸가 덮개를 열어젖혔다. 그러나 그곳엔 아주 쪼끄만 꼴방쥐들이 올망졸망 모여선 겁먹은 표정으로 푸푸를 쳐다보고 있었다.

"무식한 늙은 고양이 같으니!"

푸푸는 한 마리씩 꺼내줄 생각으로 한 놈을 물려고 하자 그 중 한 마리가 기다렸다는 듯이 푸푸의 코를 깨물고 말았다.

"아이쿠, 왝왝왝 이 못된 생쥐들!"

푸푸가 비명을 지르자 깜빡 잠들어 있던 아름이가 놀란 표정을 하며 푸푸에게로 달려왔다.

"푸푸, 무슨 일이야?"

"어이쿠, 털보가 이 꼴을 봤다면 아마 배꼽잡고 웃었을 거야."

"어머! 푸푸, 네 코가 빨갛게 변했는걸."

"이 못된 생쥐 같으니."

"어머! 이 꼬마 쥐들 좀 봐. 왜 여기에 있지? 엄마를 잃었나 봐. 불쌍해, 푸푸. 어떡하지?"

"이 바구니를 쓰러뜨려야겠어."

푸푸와 아름이는 그 바구니를 조심스레 옆으로 넘어뜨렸다. 그러자 그 생쥐들은 우르르 몰려 나와 쪼르르 도망을 갔다. 그리곤 한 마리가 푸푸를 향해 뒤돌아보고는 이내 다시 그들을 따라 달려갔다.

"저놈이 내 코를 물었을 거야."

"푸푸, 이젠 어떡하지? 그 무서운 고양이가 이 사실을 알면 가만있지 않을 텐데."

"어쩔 수 없는 일이야. 하지만 여기에 구멍을 뚫어두자고. 그 생쥐들을 엄마가 구하러 온 것처럼 말이야."

푸푸는 바구니에 구멍을 내려고 물어뜯기 시작했고 아름이는 좋은 생각이라고 맞장구를 쳤지만, 내심 걱정되는 얼굴을 했다.

푸푸와 아름이는 먹을 것을 물고 그 선반 위를 내려왔다. 둘은 사이좋게 배를 채우고 잠자리를 잡았다.

아름이는 오늘같이 걱정스런 일을 하거나 위험한 일을 당해보지 않았다. 부둣가에선 갈매기 친구와 장난을 치고 놀았고 때가 되면 아빠와 오빠가 와서 아름이에게 생선을 가져다주었다. 밤이면 하늘의 별을 보았고 시내에서 불어오는 쾌쾌한 냄새와 가끔씩 불어오는 향긋한 바람에 호기심을 품곤 했었다. 하지만 그 작은 호기심과 갑자기 나타난 못난 털의 고양이가 낯선 이곳까지 오게 만들었다. 그녀에겐 신나는 하루이기도 했지만 그만큼 위험하고 피곤한 하루였다. 아름이는 아빠와 오빠가 찾을 생각을 하니까 잠이 잘 오지 않았다. 갈매기 친구를 만나지 못하고 온 걸 더욱 후회하게 되었다. 말이라도 해두고 왔으면 좋았을 텐데…….

"푸푸, 내일은 어떻게 할 거야? 바로 집으로 가면 안 돼?"

"이제 하루가 지났는걸. 하지만 걱정하지 마. 내일 낮엔 이 도시를 가로질러 그 항구에 도착하게 될 거야."

아름이는 안심이 되는 눈치였다. 그리곤 잠시 후에 다시 푸 푸에게 물었다.

"푸푸, 넌 다시 배를 타게 되면 어디로 가?"

"그건 나도 몰라. 아마 그 배가 가는 곳으로 가게 될 테지. 하지만 은빛물고기가 있는 곳으로 가면 좋은데 말이야."

푸푸는 제법 여행자다운 말을 했다.

"은빛물고기? 그건 뭐야?"

"은빛을 내는 물고기가 떼를 지어 다니는데 그건 찾기만 하 면 된다고."

"하지만 난 은빛물고기에 대해선 들어본 적이 없는데? 내 친구 하얀이가 바다에 갔다 올 때면 모든 걸 이야기해주지만 그런 물고기 이야기는 들어보지 못했어."

"그 물고기를 볼 수 있는 건 나뿐이야. 그건 내 물고기니까!"

"하지만 나도 보고 싶은걸."

"내가 그 물고기를 찾게 되면 아름이 너에게도 줄게."

아름이는 푸푸가 은빛물고기를 나눠준다는 말에 미소가 지 어졌다.

그리고 푸푸는 은빛물고기 떼를 생각하다가 잠이 들었다.

아름이 역시 푸푸를 따라 푸른 바다로 달려갔다.

"이봐! 이제 일어나. 이젠 너희들이 약속한 시간이 지났어. 이 집을 잘 지켜준 건 고맙지만 이제 나가줘야겠어. 난 밤새 생선가게 주인에게 쫓겨 다니며 죽다가 살아났단 말이야."

푸푸와 아름이는 시끄러운 소리에 잠이 깼다.

"어휴, 너무 시끄럽군."

"뭐! 시끄럽다고! 이봐, 꼬맹이! 여기는 내 집이야. 너희들이 겁도 없이 주인행세를 하는 거야?"

그 늙은 고양이는 계속 시끄럽게 떠들어댔고 밤새 뭘 했는지 녹초가 되어 있었다. 그리고 그는 뒷다리가 아픈지 절룩거리고 있었다. 푸푸와 아름이는 잠이 덜 깬 눈을 비비며 그 늙은 고양이의 행색을 물끄러미 쳐다봤다.

"아저씨! 어쩌다가 이런 꼴이 되었죠?"

푸푸의 물음에 늙은 고양이가 울컥거리며 말을 했다.

"난 밤새 생선가게 주인에게 도망을 다니느라 죽다가 살았어. 그 주인 놈은 나를 기다리며 미리 숨어 있었어. 순간, 뭔가 '휙'하고 날아오는데, 그게 말이야 엄청나게 큰 몽둥인데 내 다리를 이 지경으로 만들어놨단 말이야. 흑흑흑! 난 정말 죽는 줄 알았다니깐!"

그는 밤에 있었던 일을 이야기하며 '엉엉' 울어댔다.

"어휴! 이거 큰일이군."

"푸푸, 아저씨가 불쌍해."

"아냐! 난 불쌍하지 않아. 난 이 도시에서 제일 훌륭한 고양이란 말이야. 궁궐 같은 집에 먹을 것도 제일 많은 고양이야. 이건 내가 평생 지켜온 거야. 난 어떤 고양이 도전에도 지지 않았어. 이깟 아픈 다리는 금방 나을 거라고."

"혜."

푸푸는 혀를 내밀며 이해할 수 없다는 표정을 지었다(나도 얼떨결에 혀를 내밀며 '혜'하고 말았다. 언제부턴가 나는 푸푸의 표정과 행동을 따라하는 버릇이 생겼다).

"아름인 단지 아저씨의 지금 꼴을 보고 걱정이 되었을 뿐이에요. 아저씨를 무시하진 않았다고요."

"날 무시할 수 있는 고양이는 없어. 이 궁궐은 이 도시 최고의 고양이만이 살 수 있는 집이야. 그러니 날 무시하거나 불쌍하다고 할 수 있는 고양이는 없어. 모두가 날 부러워 해. 너희들 정체는 뭐지? 도대체 어디서 나타난 놈들이야?"

그는 토로하듯 말을 마치며 아픈 다리의 고통으로 괴로워했다.

"아저씬 도대체 말이 통하지 않아요. 아저씬 언제나 '최고의

고양이'란 말만 하는군요. 우리가 보고 있는 아저씨는 다리가
퉁퉁 부어 잘 서 있지도 못하고 있다고요."

"······."

"푸푸, 이제 그만해. 아저씬 아파서 힘들어. 이제 쉬어야
해."

모두가 아름이의 말에 동의한 듯 잠시 조용해졌다.

"어디 봐요. 어휴, 정말 심하네요. 이젠 어쩔 거죠? 아저씬
돌봐줄 가족도 없고, 찾아오는 고양이라고는 이 으리으리한
집을 노리는 젊고 힘센 고양이들뿐이잖아요."

그는 아무 대꾸 없이 울먹거리며 고통스러워할 뿐이었다.

"푸푸!"

아름이가 푸푸에게 인상을 써 보였다.

"치이, 하지만 이건 사실이야. 만약 아저씨가 조금이라도
걸을 수 있다면 지금이라도 이곳을 떠나야 해. 어제 밤엔 수많
은 고양이들이 저 창밖을 다녀갔어. 난 도대체 그 이유를 몰랐
는데 이제는 알 것 같아. 이곳은 아저씨 말처럼 이 도시의 고
양이라면 누구든 탐내는 곳이야. 그리고 이미 여기에는 먹을
것들이 잔뜩 쌓여 있으니 힘센 고양이든 배고픈 고양이든 모
두들 이 집을 노리고 있어. 그 고양이들이 이 사실을 안다면
'이제 저 늙은 고양이 시대도 갔구나'하며 그냥 두려 하지 않을

거야. 그땐 너랑 나도 위험해진단 말이야."

"난 아직 누구든 이길 자신이 있어. 이 발톱이면 아무도 날 공격하지 못해."

하지만 그 늙은 고양이가 들어 올린 발톱은 다 부러지고 온전한 게 없었다. 지금까지 이 집을 지켜온 것이 의문스러웠다.

"치이, 고집 센 허풍쟁이 고양이 같으니."

"뭐라고! 난 허풍쟁이가 아니야. 난 정말 이 도시의 왕이란 말이야."

늙은 고양이가 화를 내며 소리쳤다.

"푸푸, 그렇게 말하지 마. 이 아저씬 지금 많이 아픈 환자란 말이야."

"치이."

푸푸는 자리를 피해 창가로 갔다.

도시의 집들이 겹겹이 보이고 지붕 위로는 뭉실거리는 검은 구름이 피어 있었다. 하루가 지났지만 어제까지의 바다여행이 까마득하게 느껴졌다. 푸푸는 꼬여버린 일에 짜증이 났다.

"못된 고양이 같으니."

그 늙은 고양이는 더욱 큰 소리로 끙끙거리며 울어댔다. 아름이가 위로해봤지만 별 소용이 없었다. 푸푸는 한숨만 나왔다. 그는 잘 먹지도 않고 푸푸에게 삐쳐 있었다.

"아저씨, 이것 좀 먹어보세요. 아저씨가 빨리 나으려면 많이 먹어야 해요. 우리 오빠가 다쳤을 때도 많이 먹어서 빨리 나을 수 있었단 말이에요. 그리고 푸푸는 아저씨가 걱정되서 그런 거예요."

아름이는 계속해서 그 늙은 고양이를 설득했다. 그러자 그가 슬그머니 푸푸의 눈치를 보더니 아름이가 준 음식을 먹기 시작했다. 그러나 푸푸가 가까이 다가오자 금방 먹던 음식을 내려놓았다.

"난 신경 쓰지 말고 먹으라고요."

"푸푸우!"

아름이가 푸푸를 탓하자 푸푸는 다른 곳으로 가버렸다. 그러자 그 늙은 고양이는 다시 음식을 먹기 시작했다.

푸푸는 '못된 고양이 같으니'라는 말만 했다.

창밖엔 후두둑 소리와 함께 비가 내리기 시작했다.

푸푸는 털보와 다른 선원들이 보고 싶어졌다. 그들은 이곳에 오래 머물지 않는다고 했는데 푸푸는 그들이 떠나지는 않을까 걱정이 되었다.

'치! 이게 무슨 꼴이람.'

제 10장
떠나고,
그리고
만나고

어제부터 내린 비는 밤새 천둥번개와 함께 요란스럽게 굴
더니 아침이 되어서야 잦아들었다. 푸푸는 안절부절 못하고
계속 왔다갔다 했다. 여전히 그 늙은 고양이는 아무런 말도 않
고 고집스럽게 누워 있었다. 푸푸는 빨리 떠나야 한다고 재촉
을 했지만 그 늙은 고양이는 역시 묵묵부답이었다. 하지만 어

젯밤에도 많은 고양이들이 이곳에 왔다간 것을 푸푸는 알고 있었다. 심지어 몇몇은 선반 위의 물고기를 훔쳐가기도 했다.

"아저씨! 어젯밤에도 무시무시한 놈들이 여길 왔다 갔어요. 더 이상 여기 있는 건 정말 위험해요. 도시 고양이들은 얼마나 무서운지! 난 아저씨가 왜 이 집을 지키려는지 이해가 안 돼요. 그리고 이젠 우리도 더 이상 여기 있을 수 없어요. 아저씨를 두고라도 떠나야 한다고요."

푸푸가 체념한 듯 말을 마치자 집안은 다시 아무런 대꾸 없이 조용했다. 아름이 역시 그 고양이만 주시할 뿐이었다. 그리고 잠시 후 그 늙은 고양이는 푸푸와 아름이를 번갈아 훑어보더니 말을 시작했다.

"……지금까지 나를 이길 수 있는 고양이는 없었어. 그렇게 나는 홀로 이 성을 차지해 왔어. 결혼도 하지 않고 말이야. 난 최고의 고양이라는 것에 항상 들떠 있었어. 적어도 이 집을 차지하고 얼마 동안은 말이야. 그런데 그후로는 너무 고통스러웠어. 도전을 걸어오는 고양이들을 모두 물리쳐야 했고 집에 들어와서는 다친 상처를 핥으며 살아야 했지. 난 이 집이 정말 싫어. 이곳은 너무 외롭고 쓸쓸해. 그리고 이 집을 지켜야 하는 것도 이젠 무서워. 그나마 지금까진 옛날의 명성으로 살았지만 이젠 그것도 아니야! 지금은 그들에게 물고기나 훔쳐다

주는 신세에 불과해. 얼마 전부터 난 허풍쟁이 고양이라는 소문이 나기 시작했어. 사실 난 언제부턴가 허풍스럽게 하품을 하고 허풍스럽게 걷고 있었어. 그러더니 곧 젊고 힘센 고양이들이 차츰차츰 이 집 주위를 맴돌기 시작하더라고. 너희들을 처음 만났을 때도 난 얼마나 두려웠는지! 하지만 너희들은 그런 고양이들과 다르다는 걸 알았어. 너희들이 이 집에서 자겠다고 했을 땐 난 무척 놀랐어. 사실 난 이집을 떠나는 것에 고민을 하고 있었거든. 마치 너희는 그 모든 걸 알고 온 것 같았어. 그래서 어쩌면 잘된 일이라고 생각했어. 싸우지 않고 조용히 떠날 수 있었으니까 말이야. 너희들이 집안으로 들어가고 난 잠깐 고민을 했지. 어쨌든 갑작스런 일이니까 말이야. 그리고 난 너희들에게 이 집을 넘겨주고 떠나기로 마음먹었어. 그런데……."

늙은 고양이는 잠시 말을 멈췄다가 다시 이었다.

"내가 자주 훔쳐 먹던 생선가게를 지나는 순간 그 주인 놈에게 맞아서 이렇게 된 거야. 난 정말 생선 따윈 관심도 없었어. 그냥 들뜬 마음으로 지나는 길이었다고. 흑흑……. 생각도 못했는데, 난 방심한 상태였어. 그래서 어쩔 수 없이 다시 오게 된 거야."

푸푸는 어처구니없는 황당한 표정이었다. 정말 생각지도

못한 일이었다. 늙은 고양이의 고개가 더 숙여졌다.

"우린 그런 줄도 모르고 내내 걱정만 하고 있었어요. 아저씨 정말 훌륭한 고양이에요."

아름이가 그 늙은 고양일 위로했다.

"치이, 정말 알 수 없군. 그걸 왜 이제야 말하는 거죠?"

"하지만 이 아저씬 용기 있게 말한 거야."

"난 그 배를 다시 타야 해. 너무 늦으면 떠날지도 모른단 말이야. 털보는 그리 오래 머물지 않는다고 했어. 그리고 좀 더일찍 말했으면 우린 벌써 떠날 수 있었단 말이야. 이렇게 잘걷지도 못한 채 낮에 떠날 수는 없어."

푸푸의 화난 표정이 사뭇 진지했다. 난 그의 그런 모습이조금 낯설어 보이긴 했지만 대견스러워 보이기도 했다.

"좋아, 그럼 지금 떠나자."

늙은 고양이가 힘없는 목소리로 말했다. 두 고양이는 뜻밖의 소리에 모두 놀란 표정이었다. 푸푸가 말했다.

"하지만 지금은 사람들이 많이 다니는 시간이에요. 게다가아직 아저씨 다리는 많이 부어 있어요."

"난 이 도시의 모든 길을 알고 있어. 심지어 고양이들도 잘모르는 곳까지 말이야. 지붕은 물론 땅속 길도 훤히 알고 있어. 땅속 길은 고약한 냄새가 좀 나긴 하지만 그래도 제일 안

전한 길이야. 그런데 이곳을 떠나면 어딜 가지? 아시다시피 이런 몸으론 당장 낯선 곳에서 살기가 어려울 텐데 말이야."

"그건 우리 아빠에게 부탁하면 될 거에요. 우리 아빠도 아저씨처럼 사납긴 하지만 그렇게 나쁜 고양인 아니에요. 아빤 제 부탁이라면 다 들어주시거든요."

"그래, 고맙군. 어쨌든 떠나자. 어차피 이집을 떠나기로 한 거 더 이상 이러고 있을 이유가 없는 것 같아."

늙은 고양이가 이렇게 말하자 모두들 동의했다.

그리고 세 고양이는 떠날 준비를 했다. 떠난다고 크게 준비할 것은 없었지만 푸푸와 아름이는 남은 배를 더 채우고 집주인은 남은 연민을 내려놓고 있었다.

비에 말끔히 씻긴 세상이 너무나 밝게 빛나고 있었다. 어두운 집 밖을 나온 그들은 눈이 부셨다. 하늘에 해는 정오를 넘어서고 있었다.

늙은 고양이는 다리를 쩔룩거리면서도 몇 번이고 뒤를 돌아봤다.

곧이어 그들은 누군가 자주 들락거려 반질거리는 작은 하수도 입구로 들어갔다. 시큼한 냄새가 코를 찔렀다. 푸푸와 아름이가 늙은 고양일 부축했다. 그러나 그는 두 젊은 고양이의 도움에 무척 어색해했다. 그의 다리는 점점 부어오르고 있었지만 고통을 잘 참아내고 있는 것 같았다. 그들의 여행은 하늘의 해만큼이나 느렸다.

몇 번의 하수구와 작은 길을 오가며 항구에 도착했다.
"아빠!"
아름이가 항구 저쪽에 있는 덩치 큰 고양이에게로 달려갔다.
"아름아! 어이쿠, 내 딸아! 어딜 갔다 온 거니? 이 아빠가 널 얼마나 찾아다녔는데."
두 부녀는 서로 등을 부비며 애틋해했다. 그리고 아름이의 오빠인지 그 아빠만큼이나 큰 덩치의 고양이가 아름일 크게 혼내는 것 같았다.
곧 그들은 푸푸와 늙은 고양이를 눈치채고 위협적으로 다가왔다.
"당신들은 누구지?"
"안녕하세요, 아저씨!"
"아빠! 얘는 내 친구 푸푸에요. 나랑 같이 시내를 여행하고 왔어요."
"그럼, 이놈이 너를 시내로 데려 갔단 말이냐?"
"하지만, 아빠! 너무 화내지 마세요. 푸푸는 아무런 잘못이 없는걸요. 내가 푸푸를 따라 간 것뿐이에요."

"그게 정말이니? 내가 시내로는 절대로 가지 말라고 했잖니!"

아름이는 아무 말도 못하고 고개를 숙였다.

"좋아, 네가 무사히 돌아왔으니 이번만은 용서하마. 하지만 다시는 저곳으로 들어가면 안 된다. 알겠니?"

"예, 아빠."

아름이 얼굴이 금방 밝아졌다.

"그런데 당신은 누구지?"

아름이 아빠는 늙은 고양이에게 물었다.

"미안하오. 난……."

아름이 아빠의 물음에 그는 어쩔 줄 몰라 했다.

"아빠, 이 아저씬 불쌍한 고양이에요. 다리를 많이 다쳤어요. 죄송하지만 다 나을 때까지만 제가 돌봐드릴게요."

"네가 말이냐? 하지만 여긴 내 구역이란 말이야."

"이 아저씬 다리만 다 나으면 여길 떠날 거예요."

아빠 고양이는 잠깐 생각을 하더니 아름이 부탁을 들어주기로 했다.

"당분간 먹을 것과 쉴 곳을 줄 테니 그곳에서 꼼짝 않는 것이 좋을 거요."

늙은 고양이는 아름이 아빠에게 고맙다고 인사를 했다. 아름이는 모든 게 잘 해결되는 것에 만족해하는 것 같았다.

그러나 푸푸는 처음부터 좀 불안한 기색을 보이고 있었다. 그의 주의는 온통 다른 곳으로 가 있었다. 나는 그의 눈길을 따라 바다를 향했다.

배가 보이지 않았다.

"아저씨! 혹시 며칠 전에 저 앞에 닻을 내린 크고 낡은 배 못 봤나요?"

"그 낡은 배 말이냐? 그 배라면 오늘 새벽에 이 항굴 떠났는데. 그 배는 왜 찾지?"

푸푸의 얼굴이 굳어졌다. 그의 불안함이 현실이 되고 말았다.

"치! 이 못된 털보 같으니. 이 배신자 같은 털보!"

푸푸는 실망과 절망에 털썩 주저앉고 말았다. 그뿐 아니라 나도 당황스러웠다. 이제는 털보와 외다리, 대머리, 긴팔 선원, 뚱뚱이 선원들을 볼 수 없다는 것이다. 왜 이렇게 빨리 그들은 떠났는지 모르겠다. 언젠가는 그들과 헤어지겠지만 이렇게 뜻밖에 헤어지게 될 줄은 몰랐다. 그나저나 푸푸의 실망이 너무 큰 것 같았다. 난 이렇게 실망한 푸푸의 얼굴을 본 적이 없었다. 아름이가 푸푸를 위로해보았지만 푸푸는 아무런 대꾸도 하지 않았다. 사실 그들이 빨리 떠난 것이 아니라, 푸푸가 늦은 것이었다.

"푸푸, 그 배가 자릴 옮겼을지도 모르니까 우리 같이 찾아보면 어떨까?"

아름이가 푸푸에게 말했다. 그러자 푸푸도 정신이 들었는지, 그럴지도 모른다며 항구를 따라 뛰기 시작했다. 아름이도 푸푸를 따라서 뛰었다.

"아름아! 사람들을 조심해야 한다. 그리고 곧 돌아와야 해. 알겠니?"

말릴 겨를도 없이 뛰어가는 아름이를 보며 아빠가 소리쳤다. 그리고 걱정이 되었는지 아름이 오빠에게 그들을 따라가 보라고 했다. 그 늙은 고양이도 끙끙거리며 그들의 멀어지는 뒷모습을 지켜보고 있었다.

푸푸는 계속해서 뛰었다. 하지만 배는 보이지 않았다. 항구 끝까지 그 배는 보이지 않았다. 배라고는 이제 막 '뿡뿡'거리며 들어오는 여객선과 푸푸가 타고 온 배보다 훨씬 멋지고 세련된 배들뿐이었다. 항구는 들어오는 여객선에 발맞춰 여기저기에서 마중을 나온 사람들이 몰려 있었다.

"이 못돼먹은 털보 같으니. 다음에 만나면 코를 콱 물어버릴 테야."

푸푸는 울먹이며 털썩 주저앉고 말았다.

"푸푸."

아름이도 슬픈 표정으로 푸푸를 달래보았지만 어쩔 수가
없었다.

"그 배는 오늘 새벽에 떠난 게 확실해. 아빠랑 내가 새벽정
찰을 나가는데 아주 털이 많이 난 사람이 '상어밥, 상어밥' 하
면서 돌아다니더라고. 누굴 찾는 것 같았어. 그렇게 한참 동
안 말이야. 그러더니 결국 다른 사람들이 와서 그를 데리고 갔
어. 그 배로 말이야. 꽤나 슬픈 표정이던데. 그래서 난 확실히
기억해."

아름이 오빠 말에 푸푸의 눈이 둥그레졌다.

"정말 나를 찾았나요?"

"네가 상어밥이냐?"

푸푸는 대답 대신 고개를 끄덕였다. 아름이 오빠는 푸푸의
이름에 웃음이 나왔지만 푸푸에게 그 목격담을 다시 한 번 이
야기 해줬다.

털보가 푸푸를 찾았던 모양이다. 난 그 이야기가 조금이라
도 푸푸에게 위로가 되었으면 했다. 그는 멍하니 먼 수평선을
바라봤다.

아름이 오빠는 이제 그만 돌아가자고 했지만 푸푸는 꼼짝
도 하지 않았다. 그러다 그는 아름이에게 사람들을 조심하라

고 당부를 하고는 돌아가버렸다.

바다만 바라보는 푸푸에 아름이는 어쩔 줄 몰라 했다. 그들 사이는 한참 동안 조용했다. 그러다 아름이가 푸푸를 위한 걱정 어린 질문을 했다.

"푸푸, 이젠 어떡하지?"

그러나 그 질문은 생각지 못한 답이 되어 돌아왔다.

"다른 배를 타야겠어."

"푸푸, 그냥 나랑 여기서 살면 안 돼? 난 네가 좋은걸."

떠난다는 푸푸의 말에 깜짝 놀란 아름이가 울먹이며 말했다.

"하지만, 난 여기 있을 순 없어. 난 은빛물고기를 찾아야 해."

아름인 더 이상 아무 말도 하지 못했다.

"어쩌면 난 내가 만난 갈매기처럼 언제까지 헤매고 다닐지도 몰라. 그러다 결국 돌아갈 집도 못 찾을지도 몰라. 그래도 난 여기 있을 순 없어."

노을도 모두 사라지고 여객선을 내린 사람들도 모두 사라졌다. 저 멀리 수평선도 어둠속에 흐려지고 있었다.

아름이와 푸푸는 둘이 꼭 붙어서 밤을 보냈다. 아름이 아빠가 왔다가 그들의 모습을 보고는 조용히 돌아갔다. 여명이 지나고 아침이 되자 어제 들어온 여객선이 다시 떠날 준비로 분주했다. 푸푸와 아름이는 잠에서 깨 오가는 사람들을 구경했다.

"푸푸, 저 배를 탈 거니?"

"아니, 사람들이 저렇게 많은 배는 탈 수 없어."

아름이는 다행스럽다는 듯 표정이 밝아졌다.

푸푸는 일단 아름이 집으로 돌아가 다시 탈 배를 찾아봐야겠다고 했다. 그리고 그들이 집으로 돌아가려는 순간이었다.

"아이쿠! 푸푸를 닮은 저렇게 못생긴 고양이가 또 있단 말이야? 아니, 저건 정말로 푸푸하고 똑같이 생긴 고양이군."

푸푸는 깜짝 놀랐다. 푸푸란 이름을 알고 있는 사람은 외다리 선원과 벌써 '푸푸'란 이름을 잃어버렸을, 그리고 '상어밥'이란 이름에 더 익숙한 털보!

그러나 이건 늙은 여자의 목소리였다.

역시나, 푸푸가 뒤돌아 봤을 땐 그의 이름을 지어준 푸푸의 주인인 심술할망이었다. 푸푸와 심술할망은 서로 눈이 맞았다. 할망은 도저히 믿기지 않는 눈치였다. 아무리 봐도 그 고양인 푸푸였다. 그리고 푸푸 역시 심술할망처럼 믿을 수 없다는 표정이었다. 심술할망이 여기 있다니!

"푸푸! 너 푸푸 아니냐?"

"야옹(할망)!"

푸푸는 얼른 할망의 품속으로 뛰어 들었다.

"어이쿠, 이놈! 정말 푸푸가 맞구나. 하기야 네놈과 똑같은 고양이가 또 있을라고?"

"어머니! 이 고양인 내가 어머닐 떠나오면서 드린 그 고양이 아닌가요?"

할망의 옆에 서 있던 무척 마른 사내가 할망에게 물었다. 그러자 할망은 그렇다며 고개를 끄덕였다.

"이 못된 고양이 같으니. 여기는 어떻게 왔담?"

푸푸는 할망의 품에 안겨 엉엉 울고 말았다. 아름이는 무슨 영문인지 몰라 계속 할망의 얼굴만 쳐다보고 있었다. 하지만 뭔가 좋지 않은 예감이었다.

"내가 떠나오던 날 아침에 이 몹쓸 고양이가 사라져 할 수 없이 혼자 여길 오지 않았니. 참 걱정을 많이 했는데 여기서 만날 줄이야."

나도 후에 알게 되었지만, 할망은 아들에게 연락이 없자 이렇게 직접 그를 찾아오게 되었던 것이다. 그녀의 아들은 일을 하다가 사고로 병원에 실려 가게 되었는데 그렇게 할망에게는 연락을 할 수 없었다고 한다. 이제 아들이 치료를 마치고 집으로 돌아가려는 순간에 이렇게 푸푸를 만난 것이다.

푸푸는 급하게 아름이와 작별인사를 했다.

"아름아, 안녕! 널 만나서 즐거웠어. 이렇게 떠나게 되서 미안해."

아름이는 푸푸에게 가지 말라며 울먹였다.

"아름아 너무 슬퍼하지 마. 우린 꼭 다시 만나게 될 거야."

"푸푸, 꼭 돌아 와야 해."

아름이는 계속 흐느끼며 울었다.

"이제 가야겠어. 참! 그 늙은 고양이에게 안부 전해줘. 내가 미안해한다고, 안녕."

두 고양이는 한참이나 얼굴을 부비며 헤어졌다.

에필로그
다시,
나무 위의
고양이

푸푸는 예전의 그처럼 느티나무 맨 아래 가지에 걸터 잠들어 있다. 나도 역시 그를 만났을 때처럼 그 나뭇가지 위에 앉아 있다.

그때와 바뀐 건 하나도 없다. 바람 역시 시원하고 바다 역시 푸르다. 참 바뀐 게 있다. 푸푸의 그 미소가 더욱 여유로워진 것과 그의 옆에 아름이가 있다는 것이다. 헤어지며 슬퍼하는 아름이를 본 아름이 아빠가 그녀에게 푸푸를 따라 떠나라고 한 것이다. 둘은 같이 배를 타게 되었고 항구로 돌아오던 갈매기 친구를 만났는데 그는 혼자서도 먼 여행을 할 수 있게 되면 꼭 아름이를 찾아오겠다고 했다.

푸푸 그는 또 다시 은빛물고기를 쫓고 있나 보다. 이제 나도 떠나야 한다. 계속 그래왔던 것처럼 또 다른 고양이를 만나기 위해, 사막의 접시전갈이나 코모도섬의 코모도도마뱀, 초원의 넝쿨장미나 눈 속의 흰 표범, 작은 돌섬의 갈매기를 만나기 위해…….

나는 잠든 푸푸에게 인사를 하고 떠난다. 가끔 까마귀들이 푸푸를 쪼아볼 것이다. 그러나 언젠가는 까마귀들의 생각이 맞을지도 모른다. 수평선 위의 푸푸를 발견할지도 모르는 일이다. 언제나 그는 수평선 위에 잠들어 있지만 말이다.

당신은 혹시 수평선 위의 푸푸를 발견할지도 모르는 일이다.
언제나 그는 수평선 위에 잠들어 있지만 말이다.

꿈꾸는 고양이, 푸푸

초판 1쇄 인쇄일 • 2018년 3월 5일
초판 1쇄 발행일 • 2018년 3월 10일

지은이 • 이동파
펴낸이 • 임성규
펴낸곳 • 메가트렌드

등록 • 1988. 11. 5. 제 1-832호
주소 • 서울시 성북구 동소문로 65-2 삼송빌딩 5층
전화 • 928-8741~3(영) 927-4990~2(편)
팩스 • 925-5406

© 이동파, 2018

전자우편 munidang88@naver.com

ISBN 978-89-7456-510-7 03810